教授のパン屋さん

ベーカリーエウレカの謎解きレシピ

近江泉美

ポプラ文庫

第1話
至福のクリームパン

1

おれの命運はクリームパンによって尽きた。

丸焦げのトーストみたいにお先真っ暗で、がぶりとやったらこぼれそうなくらい詰まったツナマヨみたいにぎゅうぎゅうの八方塞がり。とどめにクリームパンで丸裸なんてあんまりじゃないか。

いきなりなんの話だって思われそうだけど、順を追って説明したい。

パンが好きな人、おいしいものや、変わった店に興味がある人。そんな人なら、この噂を耳にしたことがあるはずだ。

札幌《さっぽろ》には謎のパン屋がある。

〈ベーカリー　エウレカ〉

出店場所も営業時間も非公開の、神出鬼没のベーカリー。なんでも三つ揃いのスーツを着た英国紳士が営んでいる、らしい。

まれにSNSに目撃情報があるけど、投稿を見てから行っても店はない。〈エウレカ〉に行き着けた人は幸せになるとさえいわれている。

なんというか、嘘っぽい。うさんくさい。でも、妙に気になる。

だから札幌市時計台の向かいに立つビルの軒下に〈エウレカ〉を見つけたときは、本当に驚いた。

――あの瞬間のことを思い出すたび、願わずにはいられない。

もし時間を巻き戻すことができるなら、やりなおしたい。あのときは考えもしなかったんだ。

おれの人生がめちゃくちゃになるなんて。

§

五月のよく晴れた日だった。仕事明けでクタクタだったけど、気持ちのいい陽気に誘われて大通駅《おおどおりえき》から地上に出た。

北海道《ほっかいどう》は一年の半分が冬だ。だから春は特別、どの季節より春が好きっていう道《どう》民《みん》は多い。でもうっかり寒波が戻ってくるから油断できない季節でもある。

その点、五月はいい。ぽかぽか陽気で、ぶ厚いコートはもういらない。ライラックも咲く。夏へと続く、わくわくするような季節だ。そう感じるのは、きっとおれだけじゃない。落とし物やら置き引きやら、そういう隙が増えるからさ——って、物騒なたとえになった。

今やっている仕事がちょっとアレで。感覚がどんどん一般からズレていく。やばいとは聞いていたけど、ここまでとは思わなかった。

急な呼び出し。終わらないノルマ。昼も夜もなくて寝不足。怒鳴られるわ、腰は痛いわ、痣《あざ》は増えるばっかりで……正直、もう辞めたい。毎日ぎりぎりのおれには気分転換が必要だった。

そこでパンの食べ歩きだ。

子どもの頃から好きなんだ、パン。昔、ばあちゃんが『フクマルパン』っていうパン屋を営んでいて、おやつといえばパンだった。今の仕事はきついけど、好きなだけパンが買えるようになったのは嬉しい。

さて、今日はどこに行こう。『BOUL'ANGE』のクロワッサンから始めるか。『どんぐり』も浴びたいな。豊富な種類のパンと賑やかなポップが躍る、あの空間。つい手が伸びて、あれこれ買っちゃうんだよな。新作もチェックしたい。いや、ここまで来たら、いっそ『PAUL』? ふんぱつして、あったかいクロワッサン・アマンドを店内で優雅に。

なんてことを考えながらサツエキ方面に進んでいると、ビルの間に白い建物が見えた。小さな木造建築で、赤い屋根の上に時計台がのっている。

札幌市時計台だ。

北海道を訪れたことのない人もきっと知っているはずだ。その小ささからがっかり名所なんていわれることがあるけど、とんでもない。現存する日本最古の時計台で、百四十年以上札幌の空に鐘の音を響かせている。昔は四、五キロ離れたところでも聞こえたという。

高層ビルの間に埋もれるように立つ姿がまたいいんだ。時計台の周囲の時間が止まっているみたいで、建物がタイムスリップしてきたかのような不思議な空気感がある。

この雰囲気が人を惹きつけるんだろう。時計台は今日も世界中からやってきた観光客で賑わって、異国の言葉が飛び交っていた。

道行く観光客を眺めていたとき、ふと、向かいのビルの軒下に空色のバンを見つけた。車両の手前に置かれた看板を見て、おれはぎょっとした。

〈ベーカリー　エウレカ〉

木製の小さな看板には、たしかにそう書かれていた。

どんなに探しても行き着けなかった幻のベーカリーが、目の前にあった。

こんなことあるか？　ニセモノか見間違いか。半信半疑で近づいたけど、店は消えずちゃんとそこにある。

「うそだろ、本物だ」

思わず声がもれた。おれはバンに駆け寄って、ぐるりとまわりを歩いた。

レトロな雰囲気の外国車は、春の空みたいなきれいな空色をしていた。側面にカウンター、両開きのリア一面がショーケースになっている。木製の棚にパンがずらりと並んでいて、黒い紙のしゃれたポップが目を引いた。

商品のラインナップはクロワッサン、クリームパン、あんパン、コーンパンなどの定番から、デニッシュ系とハード系の総菜パンがいくつか。種類は多くないけど、どのパンもつやつやのカリカリで、食べたときの食感を想像させた。

あ〜〜、うまそう。

「気になるものがあれば、お申しつけください」

いきなり後ろから声がした。

びっくりして振り返ると、紳士が立っていた。
四、五十代男性。身長百七十二、三センチ、やや細身。とにかく姿勢がいい。濃いグレーのスーツはベストも上着も体にフィットしている。おそらくオーダーメイドだ。長い足と優雅な佇まいは、英国紳士を思わせた。

その顔立ちは整っていて、女の子がきゃあきゃあいいそうな甘さがある。落ち着きのあるナイスミドルだ。

それにしても、パン屋で三つ揃いスーツって……。噂は本当だったんだな。

紳士と目が合うと、バチッと音がするみたいだった。甘くて穏やかそうな顔をして、目の奥に鋭さがある。熟練の職人が持つ凄みだ。

この人、ただ者じゃないぞ。

おれは気を引き締めて、ショーケースのパンの顔つきを眺めた。

よく、その店の実力を知るにはこれを食え、といわれるメニューがある。中華ならチャーハン、そば屋ならざるそば。だけどパンはちょっと難しい。

以前はバゲットだといわれていたけど、ハード系は機材に投資すればそれなりにうまいパンが焼ける。材料がシンプルなパンを探せとか、クロワッサンの出来が大事っていう人がいれば、焼き色、パンのサイズの統一感、種類の豊富さが重要だという人もいる。要は、人それぞれだ。

だからおれは店の『顔』を選ぶことにしている。この店の『顔』はどれだろう。

店主の自信作、内側からおいしいぞ！って叫んでいるパンは。

じっくり考えて、これだと思うものを見つけた。

よし、お手並み拝見だ。

「すみません、このクランベリーとクリームチーズのパンをください」

「お目が高い」

甘い顔立ちの紳士はにこりともしないで、うなずいた。

会計をして商品を受け取った。パンはほんのりと温かかった。焼き立てじゃないけど、そんなに時間は経ってなさそうだ。

紙袋から小麦のいい匂いがした。フルーツの甘酸っぱい香りが溶けていて、急に腹が減ってきた。考えてみたら昨日の夜からなにも食べてない。

パリッと焼けた生地の間からクランベリーの赤が宝石みたいに光っている。それに、このうっとりするような甘い香り。天然酵母《てんねんこうぼ》だ。

さすが英国紳士、こだわりが詰まってる。フィリングのクリームチーズもこだわり抜いたものに違いない。おいしいぞ、絶対おいしいぞってパンが叫んでいる。

だめだ、家まで待てない。

おれは袋を開けて、がぶりとパンを頬張った。

はあ……最初の一口って、どうしてこんなに幸せなんだろ。ザクザクした食感が弾けて、もっちりした生地のほのかな甘みが追いかけてくる。そこにクランベリーの酸味となめらかなクリームチーズが広がって――こ、このパンは！

「ふつう」

なんだこれ。びっくりだわ、声出ちゃったわ。

「あっ、すみません……」

おれは頭を下げた。

紳士がこっちを睨んでいた。

店先で大声を出すのは失礼だった。でもさ、こんな思わせぶりなパンある？

店はかっこいい外国車で、ポップはしゃれた手書き。店主は英国紳士を思わせる寡黙な職人風で、パンからもこだわりが伝わってくる。しかも『あの幻の』って噂になるくらい評判の店。期待するなっていうほうがむりっしょ。

はー、なんだかなあ。びっくりするくらい、ふつうだなあ。

食べかけのパンを見て首をひねったとき、端整な顔が視界に割り込んだ。

「うわっ」

首を傾げた英国紳士が、無表情におれの視界を占拠した。

「ふつう、とは？」

「え？」

ずいっ、と紳士が距離を詰める。

「ふつうとは」

「さっきのは独り言で……その、ですね、えーと」

ごにょごにょと濁すと、紳士がさらに近寄ってきた。近い近い、近いって！

おれ、体鍛えてるし、身長も百八十五センチあるけど、立派な紳士に詰め寄られるとかなり怖い。しかも無表情。首傾けっぱなし。

沈黙が落ちた。

十分。五分……うそ、一分だったかも。

無言の圧力と距離の近さに耐えきれなくなって、おれは白状した。

「だっ、だからふつうです。特徴がないとかじゃなくて、生地とフィリングの一体感がないんです。これ天然酵母ですよね？　小麦の味がしっかりしておいしいけど、クリームチーズが負けてるっていうか、味がぼんやりして生地の邪魔してますよ」

紳士がくわっと眼を見開いた。

やばい、怒られる。

「こんにちはー」

野太い声が響いたのはそのときだ。男が二人、こちらへやってくる。

助かった、お客さんだ。

ほっとしたのも束の間、違和感を覚えた。一人は二十代半ばの長身、メガネにジャケット姿。もう一人は三十代後半、ずんぐりした体格でスーツを着ている。表情はにこやかだけど、心がこもっていないような嫌なかんじがした。

ずんぐりした男が太い声で紳士に話しかけた。

「おいしそうなパンですね。昨日もこちらで？」

「いえ、藻岩山《もいわやま》です。出店場所は毎回違います」

「そうでしたか。お仕事中すみません、私たちは大通警察署のものでして」

でこぼこコンビが警察手帳を開くのを見て、思わず目をそらした。

げえっ、やっぱり警察か。関わりたくないな。

そわそわするおれを後目に、刑事と紳士は話を続けていた。

「ご商売はいかがですか。なにかお困りのことなどありませんか」

「特には。強いて挙げるなら、窃盗が増えたというニュースが気になりますね」

「ああ、観光スポットや繁華街で置き引きやスリが増えてますね。我々も見回りをしてるんですが。暖かくなって人出が増えると、どうしても後手にまわりがちで」

「あなた方もその見回りで？」

「いえ。じつは昨晩、ここで観光客がケガをしまして。なにかご存じの方はいないか聞き込みしてるんですよ。夜八時頃なんですが、どうですかね、パンを買いに来たお客さんで、そういう話をする人はいませんでしたか」

おれは気配を消した。空気になれたらもっといい。ゆっくり、さりげなく、怪しまれないようにその場から離れる。

と、メガネの刑事がおれの進路を塞いだ。

「どんな事件だったんですか？」

紳士の問いにずんぐり刑事が答える。

「若者が観光客にケガをさせたんです。肩がぶつかったとか、些細なことがきっかけです。観光客は三人、若者は一人で分が悪いと思ったんでしょうな。いったんは引き下がったらしいですが、少し離れるとカラーボールを投げつけたんです」

「おもちゃのボールをですか」

「防犯用のです。金融機関やらコンビニのレジやらに置いてあるやつですよ。軽い衝撃で割れて、中身の蛍光塗料が弾けるんです。ほら、あそこのオレンジ色」

ずんぐり刑事が車道の端を指差した。

道路と街路樹に、蛍光オレンジのしぶきが付着している。

「特殊なインクだから洗っても落ちないし、悪臭がすごいんですよ。それを道路のあちら側――時計台のほうからこっちに向かって投げて。観光客に直撃こそしなかったんですが、弾けた液体が目に入って、転んでケガを」

「なるほど、そうでしたか」

「まったくひどい話です。――あなたもそう思うでしょ？」

いきなり、ずんぐり刑事が首をめぐらせておれを見た。

「そう、ですね」

「あなたは昨日ここに来ませんでしたか」

「来ませんね」

「そうですか……ちょっとお話いいですかね？」

「えっ？　い、忙しいのでこれで失礼します」

回れ右をして逃げようとしたら、メガネの若い刑事がまた進路を塞いだ。前後を刑事に挟まれて逃げ道がない。

なんでだ……おれ、怪しまれてる？

どきっとして、無意識に服の上から胸ポケットを押さえていた。そこになにもないことは自分がよくわかっている。

ずんぐり刑事はのんびりした口調でいった。

「いえね、事件の目撃者が被疑者の服装を覚えてましてて。被疑者が着ていたのは、黒地にピンクや黄色の恐竜がちりばめられた派手なパーカーだったと」

ははあ、なるほど。犯人はプテラノドンやTレックスがプリントされた、ポップでセンスのいいパーカーを着ていたと。なるほどなるほど、今おれが着てるやつだよ。

「違います人違いです、たまたま同じ服ってだけで」

早口で否定すると、メガネ刑事がぼそっと声をかぶせた。

「そんな服どこに売ってるんだよ」

「狸小路《たぬきこうじ》の古着屋だ。ひどいぞ、センスがいいだけで疑うなんて」

「犯人は現場に戻るというだろ」

なんだと、といいかえそうとしたとき、ずんぐり刑事が詫びた。

「うちのがすみません。服が似てるからって疑うのは失礼ですよね。あなたは事件と無関係だ。ただ我々も仕事でして、似た服装の人を見つけて、そのままにはできんのですよ。申し訳ないんですがちょっと伺えませんか。昨夜八時頃はどちらに？」

ぶすっとした顔にならないように気をつけたけど、おれは焦っていた。やばい。どうしよう。あのことは絶対知られるわけにいかない。だけど黙ってたらそれこそ怪しい。

「ほ、北海きたえーる。道立総合体育センターです」

「そちらでなにを？」

「試合見てました。レバンガ北海道の。七時から九時すぎまで」

「バスケットボールですか、いいですね、うちも娘がやってまして。どっちが勝ちました？」

「そりゃあレバンガですよ」

「おお、圧勝ですか。点数は？」

「八十二対七十七……いや、七十九だったかな」

メガネ氏がすっとスマホを手にした。やめろ調べるな、お願いやめて。

「時間ないんで、もういいですか」

おれが二人の間から抜け出そうとしたとき、メガネ氏がずんぐり刑事にスマホを見せた。とたんに、ずんぐり刑事は顔中で笑った。

「スーパープレイじゃないですか。第三クォーター盛り上がったでしょう」

「ああ、そりゃもう」

「失礼、第一クォーターでした。最近目が悪くていけない」

このオヤジ、かまかけたな。

なんて叫ぶわけにはいかず、おれは慌てていいつくろった。

「じ、じつはずっと試合を見てたわけじゃなくて。仕事の呼び出しがあって、何度か会場の外に行ったりで、やあ、残念だな、しっかり観戦したかったなー」

沈黙が流れた。

嘘っぽいよな、うん。おれでも疑うわ。

ずんぐり刑事の目はもう笑っていなかった。

「チケットか購入記録はお持ちですか」

「それは」

捨てた。なくした。それらしい言い訳を口にしたところで余計に疑われる。

黙っていると、刑事たちが視線を交わした。

「詳しい話、いいですかね。ここではなんですから、場所を変えて」

じりじりと二人が距離を詰めてくる。背中に冷や汗が浮いた。

どうする、逃げるか。そんなことしたら犯人だって認めたようなもんだ、でも捕まりたくない。どうする、どうする!?　くっ、こうなったら。

おれは、ばっと両腕を天に突き上げた。

「試合見てましたホントに、おれは北海きたえーるにいた!」

全身全霊をかけて無害のアピールだ。武器もアヤシイものも持ってない、抵抗する気もない。見てくれ、この全力の降伏ホールドアップ。信じてくれ頼む!

「まあ、ゆっくり聞きますよ」

効果は一ミリもなかった。

「いやいや本当ですって」

「いいから。一緒に来なさい」

「警察は困りますまじで、お願いです信じてくださいよお」

おれが情けない声をあげたときだった。

「美しい」

唐突に、場違いな言葉が響いた。

すったもんだするおれたちから少し離れたところで、パン屋の紳士が感銘を受けた様子でこちらを見つめていた。

「じつに美しい。まるでクリームパンのように華麗な仕事ぶり」

なにいってんだ、この人。

おれどころか、刑事たちもそういいたそうな顔をしている。しかし紳士は感じ入った様子で深くうなずいて、おれを見た。

「そしてあなたはパンに対して深い造詣をお持ちのようだ。先程の意見を詳しく拝聴したいものです。もしあなたがパンを改良するアイデアを授けてくれるなら、あなたに代わって、その難題に答えることもやぶさかではありません」

「……えーと、つまり？」

「身に覚えのない罪に問われてお困りなのでは？　無実であるなら、証明すればいいだけのこと。手をお貸ししますよ」

無実。その言葉におれは目をみはった。

「そうです、おれ、なにもやってません」

「交渉成立ですね」

紳士の目が理知的に輝く。そして、甘い顔立ちの店主は高らかに宣言した。

「あなたが犯人ではないという解を持つことを示しましょう」

2

助かった！

信じてくれる人がいる。しかも無実を証明するのを手伝ってくれるなんて、ありがたい。ああ、よかった、なんとかなりそうだ。

このシチュエーションなら、誰だってそう考えると思う。

「クリームパンといってもその形状は様々です。丸型、デニッシュ、コッペパン、なんといってもグローブ型は外せません。じつはクリームパンは日本発祥であり、この形状を考案したのは、東京の中村屋だといわれています。まさにイノベーション。革新的なパンだと思いませんか」

なぜかパンの話が始まった。

しかも英国紳士風の店主はいつの間にか白い手袋をはめて、高価な美術品でも扱うみたいにトレイにのせたグローブ型のクリームパンを掲げた。

「あのー、おれの無実は」

「君、クリームパンがなぜこの形状か考えたことは？」

紳士が鋭くおれに質問する。

「ないですけど」

紳士は悲しそうに、この世の終わりだといわんばかりに首を横に振った。

「そんなにがっかりします？　無実のほうが大事なんですけど」

「嗚呼《ああ》、クリームパン。素朴で親しみのある、昔ながらのパンですが、このパンを作るには大変な試行錯誤があります」

聞いちゃいねえ。

「最大の難点は焼成中《しょうせいちゅう》にクリームが漏れてしまう点です。パンを焼く際、オーブンは摂氏二〇〇度ほどの高温になります。するとクリーム内部の水分が蒸気化して内圧が高まることで突沸が生じ、外皮である生地を破りクリームが溢れ出てしまうのです。これを防ぐために過熱調理時のフィリングの粘度や保形性を――」

水分と粘度がどうの、生地の発酵やベンチタイムに至るまで繊細な調整がうんたらかんたら、と難しい説明が続く。

「固いクリーム、あるいは突沸に耐える強度を持つ生地であれば、形のよいパンが焼けるでしょう。しかし一口目でなめらかなクリームが口いっぱいに広がる、ふんわりもっちりしたパン。人々が求めてやまない至福のクリームパンを目指せば目指すほど、中身のクリームは溢れてしまうものなのです」

「そうですか、では我々はこれで……」

ずんぐり刑事がおれをしょっぴこうとしたが、紳士は揺るがなかった。

「警察の方にこそ聞いていただきたい。このクリームパンこそがあなた方の職務にも通ずるイノベーションの軌跡なのです」

目の前で逮捕劇をやっているのに、どうしてそんなに熱く語り続けられるんだ。あれ、これがふつうの反応だっけ。おれが変なの？

紳士が堂々としすぎていて、自信がなくなってきた。

「話を戻しましょう。生地やクリームを固くせず、なめらかな口どけのクリームとふんわり食感の生地を作る。相反する性質を両立させるなど不可能です。ですが、その不可能を可能にする方法が存在します。それこそがこのグローブ型という独自形状なのです」

甘い顔立ちの紳士が、おれたちの眼前にクリームパンを突き出した。

「ご覧ください、秘密はこの『切り込み』です。おわかりになるでしょう？」

「はあ」

「そう、なんと焼く前に切り込みを入れたのです。内圧で生地が破れるなら先に破ってしまえばいい。まさに発想の逆転。素晴らしい着眼点ではありませんか」

紳士は感嘆の息をもらし、クリームパンのこんがり焼き上がった切り込みを丁寧に指した。

「この切り込みは浅くても深すぎてもいけません。クリームに触れるくらい思い切りながら、中心に踏み込まない。警察官の職務質問もこの切り込みと同じです。核心に迫らずして事件は解明できませんが、深く切り込むと犯人の情動が溢れ、失敗に終わってしまう。どうです、よく似ていませんか」

でこぼこコンビがなんともいえない顔になった。

紳士にはそれが賛同の表情に見えたらしい。とても満足そうに話を続けた。

「美しいと思いませんか。切り込みは突沸による破れを防ぐ装置でありながら、唯一無二のデザインを生み出しました。グローブ型はアイデアと技術の結晶。この形を見れば、一目でクリームパンだとわかります。じつに美しい」

紳士が白い手袋をはめた手でうっとりとパンをなでた。

変人だ……。

どんなに顔が整っていようと、高そうなスーツを着て、優雅な雰囲気を漂わせようと、今にもパンに頬ずりしそうな紳士は絶対にアブない。

メガネ氏も関わったらいけない相手だと悟ったらしい。急に爽やかな笑顔をおれに向けて「行きましょうか」と気さくに誘った。だな、行くべ行くべ。

そそくさとその場を離れようとしたとき、紳士の声が響いた。

「さて、あなた方の仕事ぶりに敬意を払い、私もクリーム……失敬、そちらの青年が犯人ではない解を持つことを示しましょう」

おれはびっくりして振り返った。

「無実のこと、覚えていてくれたんですか？」

「無論です。しかし無実かどうかは三つの質問をしてみなければわかりません」

三つ？　たったそれだけの質問でなにがわかるんだろう。

期待半分、不安半分で視線を返すと、紳士はクリームパンを紙袋に入れて、別れを惜しむように袋の口から香りを吸い込んだ。

この人に任せて、本当に大丈夫なのか。百パーセント不安になったとき、質問が始まった。

「まず一つ目。あなたは最近、事故に遭ったりケガをしたりしましたか」

「どっちもないです」

「そうですか。では二つ目」

「えっ、一つ目終わり?」

しかも事件にまったく関係ない質問だ。なんで訊いたんだ?

尋ね返したくなったけど、紳士は二つ目の質問に移っていた。

「バスケットの試合観戦中に何度か会場を出たそうですが、再入場は可能だったのでしょうか」

「あ、はい。できました」

「再入場用のチケットが発行されるのですか」

「チケットじゃなくて、手の甲にスタンプ押すんです。戻ったときに、入口でチェックされました。さすがにもう消えちゃってますけど」

おれは右の手の甲を見せた。きれいさっぱり、なんの跡も残っていない。

紳士はうなずいて、視線を刑事たちに向けた。

「三つ目、これが最後の質問です。刑事さん、カラーボールは道路のあちら側からこちら側へ投げられたんですね。具体的にどの地点からですか」

「時計台の表札の前ですね。歩道の際からそこに」

ずんぐり刑事が太い指で札幌市時計台の門を示した。指は四車線の車道を横切って蛍光オレンジの塗料が付着するこちら側の歩道へと移動した。

「ボールは被害者に直撃せず、近くに落ちたんでしたね」

「そうです」

「被疑者がボールを投げる様子は防犯カメラに映っていたんですね」

「いえ、目撃者の証言です。きれいなフォームでよく飛んでいたと話してました」

ほう、と紳士が片方の眉をつりあげた。凄腕の探偵みたいな顔つきだ。

でも……それっぽい雰囲気を出してるけど、どの質問も刑事が話したことの繰り返しだ。こんなことでなにがわかるんだろう。

そもそも神出鬼没の〈エウレカ〉は同じ場所に出店しない。昨日は藻岩山にいたって紳士がいってたじゃないか。事件があったとき、この人は現場にいなかった。事件を目撃してないし、おれとも会ったばっかり。期待するほうが間違いだ。

ため息も出なかった。初めからわかっていたことじゃないか。無実の証明なんて、不可能だ。

「はっきりしましたね。この方は無実です」

だから紳士がそういったとき、また変な話を始めるのかと思った。

相手が名探偵だったら頼もしいセリフも、パン屋の紳士じゃな……。

「そういう判断は警察がやりますので」

ずんぐり刑事も苦笑いだ。でも紳士はきょとんとした様子になった。

「今の質問でこの青年が犯人でないことは明らかでしょう。まさか、おわかりにならなかった？」

ピシッ、とその場の空気が凍る音が聞こえた気がした。

パンの紳士よ、それはまずい。刑事に向かってその態度はまずい。

「いやあ、すみませんねえ。どうも自分は頭が鈍いようで。わかるようにご説明いただけますか？」

ずんぐり刑事はへらへらしていたけど、完全に目が据わっていた。

どんなに鈍い人でも、このあたりで出過ぎたことをしたと気づきそうなものだ。

しかし、おそろしいことに紳士は本当に説明を始めた。

「では、まずボールの投擲地点と落下地点にご注目ください」

いいながら道路を指差した。

「この二つの点を結んだ直線は、四車線の道路を挟んでほぼ垂直ですね。一車線の幅はおよそ三メートル。四車線分と歩道を合わせると十三、四メートルといったところでしょう。ソフトボール投げの平均記録はご存じですね？」

ずんぐり刑事がぽかんと口を開けた。

「は？」

「体力測定の項目の一つです。ソフトボールなどの小さなボールを投げ、飛距離から運動能力を測ります。参考値ですが、大学生男性で平均二十五メートル、女性で十三メートル程度です。もうお気づきですね」

なにが？　居合わせた誰もがそう思ったに違いない。

幸い、尋ねる前に紳士が説明をしてくれた。

「こちらの青年は若く、上背があり、背筋なども発達しています。彼が投げれば平均値である二十五メートルは軽く飛んだことでしょう。対して道路に残る塗料からわかる犯人の飛距離は十四メートルもありません」

「……あっ、そっか。道路の幅がそのままボールが飛んだ距離なんだ」

おれが手を打つと、紳士は目顔でうなずいた。

「目撃者が『きれいなフォームでよく飛んだ』と証言しています。この前提からしてあなたが犯人だと決めつけるのは早計でしょう。むしろ実際の飛距離と証言にあてはまる被疑者像は女性のように思います」

「しかし勢いよく飛んだだけで、ボールは途中でなにかにぶつかったのかもしれない。それで手前に落ちたとか」

ずんぐり刑事のもっともな指摘にも紳士は軽やかに答えた。

「その蓋然性《がいぜんせい》はありません。カラーボールは軽い衝撃で割れます。防犯という特性からそうでなければ効果がない。つまり落下する前になにかにぶつかれば、液漏れや飛び散りが起きます。しかし道路にあるのは落下地点の飛沫のみ」

紳士は長い足で優雅に歩いて、ほうき星のように尾を引いた蛍光オレンジの塗料の前で立ち止まった。

「ご覧のように飛沫は左右対称。曲がったり、不自然に飛び散ったりした痕跡はありません。『被害者には直接ぶつからなかった』という証言とも矛盾しません」

「……そのようだ」

ずんぐり刑事の顔つきが現場に立つ警察官のそれに変わっていた。紳士の話にすっかり聞き入っている。おれも心底驚いた。

だって道路に付着した、ただの塗料だ。その飛び散り方と証言だけで、おれと犯人像との矛盾点や、どんなふうにボールが飛んだかまでわかるなんて。

すごい。もしかしてこの人なら本当におれの無実を――

一度はあきらめた期待が湧いてくる。だけど、そう簡単にはいかなかった。

メガネ氏が鼻を鳴らした。

「ボールがどう飛んだかなんて重要じゃないですよ。この男と同じ服を着た人物が現場から逃げる様子が付近の防犯カメラに映ってるんだ」

「うっ……」

おれは身を小さくした。

そうだよな、ボールの飛び方くらいで無実かわかるわけがない。

でも紳士は動じていなかった。

「おっしゃるとおり。今の話はこの青年を犯人と仮定した場合、ボールの飛距離に矛盾が生じると指摘したにすぎません。重要なのは『事件があった時刻に青年はどこにいたか』です。確認しましょう」

「確認？　なにを」

紳士は軽く手を上げてメガネ氏を遮った。それから空色の車両に向かい、カウンターの下をごそごそした。戻ってくるなり、紳士はおれにいった。

「スマホをお借りしても？　ロックしたままで結構」

まあ、無実のためだし、ロックを解除しなくていいなら……なんて深く考えなかったのがいけなかった。

「あっ、なにするんですか！」

いきなりスマホにセロハンテープを貼って、青の油性ペンでごりごり塗り始めた。よく見たらカメラのレンズ部分をセロハンテープで覆い、その上から色を塗っている。もう一本赤ペンを持っているところからして、まだらくがきする気らしい。

「やめてください、壊れるでしょ」

「心配ご無用、三百八十から七百五十ナノメートルの可視光を吸収させるんです。波長の短いもの、紫外線付近の波長を残すことでブラックライトのように作用します」

「なんて?」

「お待ちいただく間にパーカーを脱いでください」

「なんで?」

「頭からかぶるのもお忘れなく」

「だからなしてさ!?」

「無実の証明は不要ですか」

まったく話についていけないけど、無実をちらつかされたらやるしかない。

おれはファスナーを開けて脱ぎ、Tレックスとプテラノドンがちりばめられたパーカーを頭からかぶった。

なあ……これ、なんだと思う？

でかい男が頭から上着かぶって棒立ちって、怖くないか。おれは怖い。ていうか、これ、ニュース映像で見かけるパトカーに押し込まれる被疑者のスタイルだよ。

なんて思っていたら「失敬」と紳士がパーカーの裾を持ち上げて、のれんをくぐるみたいに中に入ってきた。まじか。

「さあ、刑事さんたちもどうぞ」

まじかい。

パン紳士に手招きされ、でこぼこコンビは凍りついている。

ずんぐり刑事がひそひそいって後輩を肘でつついた。メガネ氏が激しく首を横に振った。でも答えは初めから出ている。年功序列。先輩に逆らえる後輩はいない。

メガネ氏がぶすっとした顔でパーカーに入ってきた。

どうか、想像してほしい。

白昼の路上。三人の男が密着して一枚のパーカーに頭をつっこんでいる。中はもっと悲惨だ。狭くて暗い服の中、初対面の紳士と刑事と額をつきあわせている。しかも紳士がおれの手をそっと握って持ち上げた。新手の悪夢かな？

もうさ、無実がどうとかどうでもよくないか。はたから見て怪しすぎるだろ。家族が見たら泣くよ？　おれは人として大切なものを失いかけてないかい？

自問自答していると、ふっ、と弱い光が灯った。スマホのライトが青紫色の奇妙な光を放っている。おれは目を疑った。

発光するライムグリーンの模様が、おれの手の甲に浮かびあがっていた。ところどころ欠けているけど間違いない。

「これ、レバンガのスタンプ、再入場のときのですよ！」

メガネ氏が息をのんだ。

「昨日から手を洗ってないだと……」

「いやいや洗ったから、風呂にも入ったから」

「特殊インクです。簡単に洗い流せてしまっては再入場の証明になりません」

紳士が答えた。

たしかに洗ったくらいで消えたら、おちおちトイレにも行けない。

メガネ氏はパーカーから出て、おれたちから距離を取った。

「でもなんでスタンプが光るんです？　そもそも、その人の手にはなにもついてなかったはずだ」

「ブラックライトインクです。イベントなどで入場、再入場時にしばしば用いられ、その名のとおりブラックライトを当てると蛍光を発するのが特徴です。自然光や通常の照明の下では見えないので、スマホのライトに手を加え、擬似的にブラックライトと同じ作用を持たせました」

そういえばさっき、紫外線とかブラックライトがどうのっていってたな。ちんぷんかんぷんで聞き流していた。……ていうか。

「油性ペンとセロハンテープでブラックライト作ったんですか？」

にわかに信じられなくて尋ねると、紳士は肩をすくめた。

「あくまで擬似的で、光が弱いですから。周囲を暗くする必要がありました」

「あっ、だからパーカーを……」

理解したとたん、おれはその場にしゃがみこみそうになった。

「それならそうと、説明してくださいよ。いきなり上着脱げとかかぶれとか変なこというから、なにかと思うじゃないですか」

「スマホをお借りしたときに話しましたが」

あの説明でパーカーをかぶるところまで承知できる人がこの世にいるのか。

とにかく、とパン屋の紳士は話を進めた。

「再入場のスタンプが確認できました。彼の証言は事実でしょう。時計台で事件があったとき、この方はきたえーるにいた。しかし事件現場と会場は往復可能な距離ではあります。この方は何度も会場を出入りしたとのことですから、防犯カメラやスタッフへの聞き込みで正確な時間が割り出せるはずです」

「どうぞどうぞご自由に」

おれが賛成すると、メガネ氏は舌打ちした。

「初めからそういえばいいものを」

「いいました、疑ったのはそっちでしょ」

メガネ氏がばつが悪そうに顔をそむけるのを見て、胸が少しすかっとした。やっとわかったみたいだな。

おれはせいせいとしていった。

「まったく、頭ごなしに市民を疑うなんて。警察だからってなにしてもいいわけじゃないんですよ。怪しいと思うから怪しく見えるんです！」

「そうでしょうか？」

生真面目な声がおれの発言を打ち消した。

おれの隣に立つ紳士が首をひねっていた。

「あなたが本当のことを話さないから不審がられるのでは。おっしゃればいいではないですか、昨夜、本当は会場でなにをしていたか」

――――は？

驚きすぎて、すぐに反応できなかった。

あんぐりと口を開けていたことに気づいて、慌てて口を閉じる。

「なにって、観戦でしょう？」

メガネ氏がいうと、紳士は首を横に振った。

「観戦が目的なら、試合中に何度も抜けないでしょう」

「だ、だからそれはっ、仕事で何度も呼び出されたからで」

おれが口を挟むと、我が意を得たりといわんばかりに紳士はうなずいた。

「気になったのはまさにその点です。呼び出しの電話なら通路で済みます。しかしあなたは、わざわざ会場の外へ出た。それも複数回。つまり、仕事の呼び出しというのは電話ではない。会場の外で誰かと会っていたのでは？」

「な……っ」

「ここで新たな疑問が生じます。仮にやってきたのが職場の同僚としましょう。忘れ物や書類の受け渡しなら一回で済みます。大きなトラブルがあったなら同僚と会社に戻ったはずです。しかしあなたは会場を離れず、仕事の呼び出しも複数回行われた。午後七時から九時すぎまでの、わずか二時間の間に」

背中にじっとりと脂汗が浮くのを感じた。うそだろ、まさかそんな。

この人、おれの秘密に気づいてるのか？

「べ、別にいいでしょ、なにしてたかなんて」

話を終わらせようとしたけど、ずんぐり刑事がそれを許さなかった。

「お聞かせ願いたいですね。あなたが観光客の件と無縁だとはっきりするので」

おれは動揺が顔に出そうになるのを必死に抑えた。

まずい、まずいまずいまずいぞ、落ち着け。だ、大丈夫だ、だって紳士とは会ったばかりだ、バレるわけないんだ。

自分にいいきかせる間にも紳士が核心に迫っていく。

「刑事さん、最初に置き引きやスリが増えていると話題にしましたが、詳しくお聞きしても？」

「ああ、観光スポットやイベント、繁華街で被害が続いてますね。あったかくなってコートがいらなくなるでしょ。そうすると、財布や金品なんかが目につきやすくなるんです。それにこの陽気だ、どうしたって気が緩みますよ。窃盗犯はそういう隙をついてくるんです」

「冬期に比べて犯行に及びやすい条件が揃っているんですね。写真を撮ったり、なにかに夢中になったりしている瞬間が狙われやすい」

「そのとおりです」

「では被害は観光スポットだけでなく、スポーツ観戦などのイベントも狙われるのではないでしょうか」

メガネ氏がはっとした様子になった。

「先輩、たしか昨日、窃盗グループの数名が摘発されましたよね。あれ、道立総合体育センターじゃなかったですか。体育センターって北海きたえーるですよ！」

あたりの喧騒が消えた。

刑事たちと紳士、三人の視線がおれを射貫く。

ドクドクと心臓が激しく胸を叩いた。なにかいわなきゃ。そう思うのに、喉が締めつけられて息をするのも苦しい。

張り詰めた空気に紳士の声が重く響いた。

「時計台前の事件について、あなたは無実でしょう。なぜなら、あなたは窃盗グループの一件に関わっているのだから」

言葉が鋭いナイフみたいにおれの首元に吸いつく。

「大勢の人で賑わう会場で試合も見ず、客席と会場外を行き来する。そんな不審な行動をとる理由は明白です」

ついに紳士がおれの秘密を暴いた。


「あなたは警察官ですね」


「はあ？」

「え？」

「あああああっ！」

でこぼこコンビが間の抜けた声をあげる中、おれは膝から崩れ落ちた。

「やっぱりバレてる、なんで！　初対面ですよね、おれ名乗ってないですよね」

叫ぶようにして訊くと、紳士は自明だといわんばかりに答えた。

「あなたが万歳したときにシャツの裾が上がり、腸骨稜《ちょうこつりょう》のあたりをひどく擦り剝いているのが見えましたので」

「ちょうこつりょ……」

「脇腹の下です。警察官は帯革——警棒や拳銃などの装備品をまとめた重いベルトを締めますね。きつく締めて固定するので、皮膚が擦れたり、ひどいとめくれたりすると伺ったことがあります。腰痛になる方も多いとか」

「そんなの、ただのケガかもしれないじゃないですか」

「ですから最初に伺ったんです」

なんのこと？　と尋ねようとして、息をのんだ。

「三つの質問。あの最初の質問って」

「ええ。ひどく擦り剝いているのに、あなたは事故に遭ってないし、ケガもしていないと断言しました。隠し事をしているようではなかったので、腰のケガはケガと認識しないほど日常的なものと判断できました」

図星だ。すり傷が治らなくて痛いけど、毎日のことだから意識していなかった。

「あなたが警察官だと仮定すると、観戦していたといいながらゲーム内容を覚えていないことも、会場の外へ何度も出た理由も合点がいきます。昨夜は窃盗グループを追っていたのではないですか」

驚きすぎて声が出なかった。

――なんで事件に関係ない質問なんか。

そう思ったけど、とんでもない。わずかな質問で、おれの素性から会場でなにをしていたかまで、見事に言い当てられてしまった。

「だ、だけどおれが窃盗グループの一人だって思わないんですか？　窃盗犯の行動だって似たようなもんですよ」

紳士は喉で笑った。

「もし私が窃盗犯なら、職務質問で本当のことを話しません。せっかく逃げおおせたのに、なぜリスクを負う必要が？　家で寝ていたというほうがましです」

「あっ」

理解した瞬間、かあっと頬が熱くなった。

うっわ、恥ずかしい。犯人の心境を考えれば、わかりそうなことじゃないか。

「今の話、本当か」

腹に響くような低い声がして、ずんぐり刑事が恐い顔で詰め寄ってきた。

おれは瞬時に背筋を伸ばし、上体を十五度前に傾ける敬礼をした。

「申し遅れました。今年から豊平川警察署地域課に配属されました、福丸《ふくまる》あさひ巡査です。昨夜は応援要請で北海きたえーるに駆り出されました！」

「隣の署のもんか、なしていわないんだ！」

「警察手帳忘れましたァ！」

敬礼したまま、もう一方の手で胸ポケットを押さえた。

そこに警察手帳がないことはおれがよく知っている。同業ってだけでも気まずいのに、まさかの職質、任意同行をかけられて、完全に名乗るタイミングを失った。

「指導員に手帳は常に携帯しろと口をすっぱくしていわれてました、不携帯は自分の不注意です。申し訳ございませんでした」

バレたら大目玉だ。できれば名乗らず穏便にすませたい。そんなやましいことを考えていたら、完全に裏目に出てしまった。

勢いよく腰を折って謝ると、メガネ氏がぼそっと呟いた。

「休日は持たなくていいだろ」

「えっ」

顔を上げると、ずんぐり刑事は呆れた様子で首を横に振った。

3

他署とあってか、それ以上のお咎《とが》めはなかった。でこぼこコンビは恐竜柄のパーカーを買った古着屋のことを聞いて、時計台前の賑わいの中へ消えた。

おれはほっと息をつき、隣に並ぶ紳士を横目で窺った。

この人のおかげで任意同行されなくてすんだんだよな……巡査だってことも、手帳のこともバレたけど。はあー情けねえ、知られたくなかった！

でも助けてもらったことに変わりはない。

「あの、ありがとうございました」

考えれば考えるほど、紳士の底知れなさを感じた。

紳士は観光客のトラブルを目撃したわけでも、きたえーるにいたわけでもない。当時の状況とたった三つの質問で、時計台前の事件の犯人がおれではないことや、おれの職業、昨日の行動さえ明らかにしてしまった。

「すごかったです、名探偵が謎を解いているみたいで」

興奮気味に伝えると、紳士は鷹揚に答えた。

「私には謎を解くことなどできません。別の解があることを示すことくらいです」

あれだけの推理を見せながら、謙遜でも皮肉でもなく、本当にそう思っているらしい。やっぱりこの人はただ者じゃない。

そう思うと、尋ねずにはいられなかった。

「失礼ですが、前職はなにを？　あなたがただのパン屋のわけがないですよね」

幅広い知識と鋭い観察眼。刑事を前にしても揺るがない堂々とした言動。英国紳士風の優男だと思ったけど、中身は見た目ほど甘くない。

おそらく元警察関係者。ベーカリーを開業する前は、間違いなく第一線で活躍していた人だ。

「自己紹介がまだでしたね。亘理《わたり》と申します」

紳士がおもむろに懐《ふところ》から革製の名刺入れを出した。

名刺を受け取って、おれはぽかんと口を開けた。

目をこすって、もう一度名刺を見る。何度見たって印刷された内容が変わることはない。でも、とても信じられなかった。

「工学部……教授？」

我知らず呟いていた。

「国立大学って。えっ、警察関係者じゃなくて？　あれ、今も教授？　ままま待った、パン屋ですよね。パン屋？　現役の教授がパン屋⁉」

わけがわからない。

「なにがどうなったら、そんなことに……」

「ご心配には及びません。大学に副業申請は通してあります。国家資格である調理師免許を取得し、営業に関しては食品衛生責任者、食品営業許可、建物の所有者の出店許可など法律において抜かりはありません」

「そんなご心配してないです」

おや、と紳士は片方の眉をつりあげた。

「そうでしたか。てっきり規律に熱心な警察官なのかと」

なんて返事をしていいか、わからなかった。

手にした名刺はただの紙だ。紙なのに、やたらと重く感じる。

甘い顔立ちの紳士は現職の大学教授。しかも国立。しかも工学部。よく知らないけど、大学の研究室って天才が集まるところだ。顔も体格も頭脳にも恵まれて、教授をしながらパン屋を開く商才まである。

なんだか、うちのめされた。

「すごいですね、こんな完璧な人、本当にいるんだ」

紳士が不思議そうにおれを見た。

「あ、いや。立派なお仕事をされてるから。おれと違いすぎてびっくりで」

「警察官も立派なご職業だと思いますが」

「そんなことないです」

答えてから、いいたいこととずれていると感じた。

「いや、めちゃくちゃかっこいいんですよ、警察官。おれ、子どもの頃から憧れて、ずっと警官になりたくて。実際になったら、衝撃的だったというか……。信じられないくらい忙しくて」

本署で朝礼のあとに交番に移動、当直の引き継ぎをして業務にあたる。事故や通報の対応で現場に出て、終わったら報告書を作成。でもその前に次の対応が来て、食事のタイミングを逃し、緊急の呼び出しで仮眠が取れないこともザラ。

「報告書がノルマみたいに溜まってくし、昼夜関係なしの呼び出しです。体力には自信あったんですけど、甘かったです。おれが不甲斐ないんです」

大変な仕事だってわかっていた。わかっていたけど、警察学校が優しかったと感じるほど、毎日へとへとになるとは思わなかった。それだけなら、まだがんばれた。

この数ヶ月のことが脳裏をよぎり、胸が苦しくなる。

「……嫌われるんです、警察官って」

今だって胸を張っていえる。警官は一番身近なヒーローだ。市民を守る、強くて優しい正義の味方。でも、みんながみんなそう思うわけじゃない。

「職務上しかたないんですけど、交通違反を取り締まると罵倒されるし、休憩してると税金泥棒なんて怒鳴られることもあって」

なんというか、恨まれがちだ。

真面目に仕事するほど嫌われる。逆恨みだってわかってるし、気にしてもしかたない。頭ではわかってるんだ。ただ、心がついてこない。

………こんなはずじゃなかった。

「憧れの仕事だったんだ。やっと警察官になれたんだ。なれたのに……休みなく働いて、ボロボロになって。なにやってんだろ。こんなことなら、いっそ――」

はたと我に返り、言葉をのみこんだ。

おれは苦笑いして頭を掻いた。

「急に愚痴ったりしてすみません。カッコ悪いですね。せっかく警官になれたのに数ヶ月で辞めたいなんて」

「そうですね。辞めましょう」

「はい?」

「退職にあたり、なにか問題が?」

「えー……ええ？　いや、なんかもっとこう、ありません？　辞めるのは早すぎるとか、三年はがんばれとか、憧れて就いたんならもっと夢を持てとか」

誤解がないようにいうけど、引き留めてほしいわけじゃないんだ。だけどこういう場面って、同情だったり叱咤《しった》だったり、感動的な雰囲気になるものじゃないか。

だが、しかし。パン屋の紳士はやっぱりひと味違った。

「あなたが警察官を続けるか辞めるかなど、些末《さまつ》なことです」

「ひどっ!?　いくら他人事だからって」

「それほどでもありません」

はは、と紳士が笑う。

今の笑うところなのか。冷めた視線を向けても、紳士は話を続けた。

「辛い経験や無駄と思える体験がのちに役立つことは往々にしてあります。しかしそれは健やかであればこそ。心身の健康が害されているなら、早急に決断するのも選択肢です。環境を変えて新たな挑戦をすればいいのです」

「そんな無責任な。たった数ヶ月で逃げ回ってなにができるんです？」

「己を知ることができます」

凛と響いた声に、頬を叩かれたような衝撃があった。

「何事も一度で成功とはいきませんよ。就職も同じです。今いる場所が息苦しく感じるなら、離れる勇気も必要でしょう。挑戦することは失敗ではないのです。あなたは、あなたを幸せにする権利がある」

「え……」

思いもしない言葉に、おれは虚を衝かれた。

「働くことは生きることです。同時に、糧を得ることだけが人生ではありません」

紳士の声があたりに染み渡るようだった。

「あなたがどうしたら幸せに暮らせるのか、それがわかるのは世界中であなたしかいないのです。あなたの幸せを他人に決めさせてはいけません。自分はなにを渇望し、どう生きたいのか。どんな特性があり、どう自分と折り合うのか。あなたはそれを知る長い道のりの一歩を踏み出したばかりです。ですから、警官を辞めるか辞めないかは、さして問題ではないのです。その根底にある、どうしたら自分を幸せにできるのかを知ってください」

そんな考え方があるのか。そんなふうに考えたこと……一度もなかった。

「これは簡単なようで、じつに難題です。生涯を懸けて探究する課題なのです」

ふっ、と紳士にほほえまれて、おれは自分の内面に目を向けた。

仕事が嫌だ。辞めたい。数ヶ月で辞めたらどう思われるか。眠りたい。怒鳴られたくない。やってられない。嫌だ。疲れた。白い目で見られたくない。つらい。

おれの、幸せ。

その言葉を思い浮かべたとたん、心に渦巻いていたごちゃごちゃとした雑音がすっと消えた。初めて触れたものの見方が、自分の奥底にある想いを照らしてくれる。

「警察官を辞めてもいいし、辞める覚悟を持って邁進し、職場に改善を求めるのもいいでしょう。あなたがご自身を幸せにできる方法を選んでください」

鳩尾《みぞおち》のあたりがぎゅっとして、熱いものが込み上げた。

「亘理さん……」

なんて伝えたらいいか、わからなかった。

おれが言葉に詰まると、紳士が手にしたものを差し出した。

「いいんですよ。さあ、これを」

受け取ろうとして、ぴたりと手を止めた。差し出されたのはクリームパンの入った紙袋だった。

ここでパンが出てくるのかーい！

声に出してツッコミを入れなかったおれの精神力を褒めてほしい。この人ほんっとなんなんだ、パンのことしか頭にないんだな。

ムッとして、呆れ、しまいには笑ってしまった。

おれは紙袋を受け取り、紳士が高価な美術品のように扱っていたグローブ型のクリームパンを頬張った。

焼き立てじゃないのに小麦の甘い香りがする。もちもちした歯ごたえがして、パンの旨味が広がる。なんといっても一口目から口いっぱいに溢れるカスタードクリーム！　とろりとした食感と香りが混ざり合い、さらに一段上のおいしさへと
――導かない。

「うん、ふつう」

「ふつう」

紳士は額に手をあて、天を仰いだ。

もう一口食べて味のバランスを確認したけど、意見は変わらなかった。

「さっき食べたクランベリーとクリームチーズのパンと一緒ですね。生地の味にクリームが負けて一体感がないです。これ、業務用のプードルアクレームですよね」

「食べただけでわかるんですか？」

「まあ、おいしいし、食べ慣れた味だから」

プードルアクレームは牛乳と砂糖を加えるだけでカスタードクリームが作れるパ

ウダーだ。調理が簡単で品質管理も難しくない。

「個人店はだいたいこれですね。何種類も生地をこねるだけでも重労働なのに、ジャムやらあんこやらカレーやら全部手作りは難しいですから」

というか、たぶん不可能だ。時間、調理スペース、衛生管理、人件費、その他のコストもろもろ。すべて手作りしていたら、とんでもなく高価なパンになる。

だから小さな個人ベーカリーのパンは工夫が光るんだけど。

紳士は難しい顔をしておとがいに指をあてた。

「先日から天然酵母の種類を変えてみたんです。小麦の風味と味がしっかり出て、気に入っています。順次切り替えていきたいのですが……そうするとフィリングも自作しなければならなくなりますね」

「そんなことしなくて大丈夫ですよ」

おれは口の端についたカスタードクリームを親指でぬぐった。

「天然酵母に負けない濃い味付けにすればいいんです。この生地なら、うーん……プードルアクレームに卵黄とバニラエッセンスを加えて。あと香りのいい洋酒。それでバランスがとれるんじゃないかな」

おお、と紳士はポケットから万年筆と手帳を出してメモを取った。ペンを動かしながら、ふふ、と紳士が笑みをこぼした。

「私との約束、お忘れではなかったんですね」

「そりゃあ、無実と引き替えですから」

紳士が心持ち嬉しそうに万年筆を走らせた。

「卵黄でコクを出し、バニラエッセンスで風味を強くするんですね。洋酒は個性。とするとコアントロー、珍しいラム酒も捨てがたい……じつに素晴らしい」

熱心にメモを取ること数分。パタン、と手帳の閉じる音がした。

紳士は不敵な笑みを浮かべておれを見た。

「どうやら私の目に狂いはなかったようですね。警察官をお辞めになった暁には、ぜひ私のアドバイザーになっていただきたい」

不思議だ。結構悩んでたのに辞めたい気持ちがすっきりさっぱり消し飛んだ。

「大丈夫、間に合ってます」

「では共に幸せの探求はいかがですか？　刺激的かつ発展的です」

「あー、興味ないっすね」

「遠慮なさらず――」

そのとき、札幌市時計台の鐘が十一時を告げた。ちょっと間の抜けた、のんびりした優しい音色が空に響き渡る。

鐘の音につられて紳士が時計台を振り仰いだ。チャンスだ。

「パンご馳走さま、あと無実のことも！」

おれはクリームパンを口に押し込んで、ぱっとその場を離れた。

後ろから紳士の声が追ってくる。

「さようなら、福丸巡査。またお目にかかりましょう。パンのアドバイスと引き替えに、いつでも力をお貸ししますよ」

遠慮します、とおれは内心で返事をした。


とても残念なことに紳士とはこれっきりの関係にはならなかった。なにがあったかは別の機会に話すとしよう。

こうしておれ、福丸あさひは、クリームパンによって心の中まで丸裸にされ、奇妙な道へ歩み出すことになる。

相棒はもちろん、この英国紳士風の変わり者パン屋——もとい、国立大学工学部教授の亘理一二三《ひふみ》氏だ。

第２話
カカオ香るビターな濃厚チョコココロネ

1

ライラックのつぼみが膨らみ始めた、ある公休の午後。たっぷりと眠ったおれは大きくのびをして、愛車の軽自動車に乗り込んだ。

天気は快晴。道路は空いていて、気持ちのいい風が窓から吹き込んでいる。ピンクのスマイルマークがプリントされたお気に入りのシャツがパタパタとはためくのを眺めていると、自然と気分が上がった。

「ああ、休日っていいなあ」

おれ――福丸あさひは、警察官一年目のぴかぴかの新人だ。交番勤務はきついけど、パンの食べ歩きを心の支えにがんばっている。

今日目指すのは円山《まるやま》エリアだ。いわずと知れた札幌の高級住宅街だけど、じつはここ、札幌屈指のベーカリー激戦区でもある。

有名チェーン店の本店からハード系の有名店、個性的な店までなんでもアリ。円山公園駅周辺なんて、歩いていると焼き立てパンの香りがそこここから漂ってくる。

しまったたな、寝る前に大盛りカップ麺なんか食べるんじゃなかった。

パンの香りを想像しただけで心が躍る。今日はうまいパンを腹いっぱい食べたい気分だ。腹ごなしにランニングでもするか。

運動にいい場所はなかったか、と考えて、閃《ひらめ》いた。

「そうだ、北海道神宮」

きれいな緑地と整備された道路があって、ランニングにもってこいだ。おまいりするのもいいな。この頃のおれ、散々だったからな……。

先週のことを思い出して、ハンドルを握る手に力がこもった。

幻の店〈ベーカリー　エウレカ〉を見つけたところまではよかった。都市伝説みたいなパン屋に行き着けて、そりゃあ嬉しかった。でもイケてるパーカーを着てたせいで職質されるわ、犯人だって疑われるわ、任意同行かけられそうになるわ、あげく〈エウレカ〉の店主はパンを愛しすぎる変わり者パン紳士で――

ぶるっと身震いした。

やめよう、あんなおそろしい体験は思い出さないにかぎる。おまいりだ、厄払い。

進路を西へ、北海道神宮を目指した。駐車場は思ったより混雑しておらず、木陰に止めることができた。

車を降りると、木と湿った土の匂いが出迎えた。濃い緑の匂いを胸いっぱいに吸い込む。それだけで心が軽くなるようだった。ここから本殿まで徒歩十分とかからないけど、おまいりするなら、ちゃんとした入り口から入りたい。

おれは宮の沢通から表参道に向かった。

空は底抜けに明るかった。眩しい日差しが燦々と降りそそぐ車道とは違い、歩道側にはこんもりと茂った神宮の巨木がせりだして影を作っている。石垣に落ちた木漏れ日がちかちかと揺れて、鳥のさえずりが心地よい。

「やっぱりいいなあ、神宮」

北海道神宮は、北海道で一番大きな神社だ。ここが蝦夷地《えぞち》って呼ばれていた時代から立っていて、大国魂神《おおくにたまのかみ》、大那牟遅神《おおなむちのかみ》、少彦名神《すくなひこなのかみ》の開拓三神を祀っていた。当時はまだ札幌神社という名で、明治天皇が祀られてから今の北海道神宮という名になった――らしい。

ばあちゃんから聞いた話で、うろおぼえだ。

おれにとっての北海道神宮は、とにかくでっかい神社。巨大な石の鳥居がどーんと立ってて、表参道は車両四台がすれ違えるくらい幅がある。あと緑がいっぱい。桜の名所としても有名で、春には桜のトンネルができる。忘れちゃいけないのがジンギスカン。隣接する円山公園で花見をしながら食べるジンギスカンは格別にうまいんだ。

心地いい日差しと爽やかな風に吹かれていると、心の強張りがほぐれていくみたいだった。

「厄払いなんて、ちょっと大げさだったかもな」

考えてみたら、あんなに散々な目に遭うことはまずない。

〈エウレカ〉は出店場所も営業時間も非公開。神出鬼没で、SNS上にほとんど情報があがってこない。

あの店の正体を知らなかった頃はおれもずいぶん探したけど、影も形も掴めなかった。行こうと思って行ける店じゃない。きっと、もう二度と行き着くことはないだろう。そう思うと、少ししんみりした。

そのはずが、なぜだろう。

第二鳥居の前に見覚えのある空色のバンがある。

あれれー、おかしいな？　空色のバンの前には同じくどこかで見たような紳士がいるね。目の錯覚かな、錯覚だよな、錯覚であれ。

「福丸巡査ではないですか」

くっ、話しかけられた。

この距離で回れ右して帰れない。しぶしぶ〈エウレカ〉のほうへ進んだ。

「その呼び方やめてください。今オフなんで」

「仕事熱心ですね。オフの日も自主的に見回りを？」

「違いますよ、パンの食べ歩きです。趣味なんで」

「なんと、パンがご趣味ですか」

紳士の目が怪しく光る。おれは嫌な予感がして、素早く話題を変えた。

「そっちこそ、こんなところでなにしてるんです？」

「パンの販売です」

「ここ、参道の前ですけど」

「ご心配には及びません。知人から許可は得ています」

神宮前で営業の許可をくれる知人って何者だ。さらっととんでもないことというんだからなあ。

紳士は今日もザ・英国紳士の装いだ。ビスケットみたいな薄茶色のスリーピースに濃い青のネクタイとポケットチーフを差している。目鼻立ちの整った顔は若い頃さぞモテたに違いない。いや、今もかも。

鋭い洞察力とおかしな人脈を持つ、四、五十代の品のよさそうな男。亘理一二三と名乗るこの人の素性を思い出して、感嘆の息がもれた。

「亘理さんって大学教授なんですよね」

「ええ。本業は」

「教授って研究室にこもって研究してるもんだと思ってました」

怪しげな器具とか実験装置に囲まれて、ノートやホワイトボードに宇宙語みたいな数式を書いているイメージだ。

そう伝えると、亘理さんは残念そうに首を横に振った。

「そうもいかないんです。大学の講義がありますし、その準備やレジュメ作り、学生の指導、論文の添削、学科や学部の会議、大学運営の会議に入試に関するあれこれ、それから自分の研究と実験です。実験結果をまとめて論文を書き、海外機関との交流、企業との共同開発に向けたミーティング、講演会、出張、シンポジウム運営――」

「忙しすぎません？」

聞いているだけで目が回る。ていうか。

「そんなに忙しいのに、なんでパン屋してるんですか」

よくぞ聞いてくれた、といわんばかりに紳士の目がキラリと光った。

「社交の場ですから」

社交。社交ってダンスパーティーするアレのこと？

「専門を持つ者こそ自分の分野に没頭するだけではいけません。他の専門家や別の領域に触れることで化学反応が起き、イノベーションが生まれるのです。あらゆる形で人と関わることで工学の発展には社交が不可欠。ですから、こうして正装で活動しているのですよ。なんといっても工学とパンはよく似ていますから」

どういうことだ……こんなに説明してくれたのに、ほとんど理解できなかった。

おれは額に人差し指を押し当て、トントン叩きながら脳をフル回転させた。

なるほどな。さっぱりわからん。

「すみません、ものすごく基本的なことかもしれないけど、工学ってなんです？おれ勉強苦手で。理系、ですよね？」

工学。ネットや会社の看板なんかでなんとなく目にするけど、それがなにかは知らない。深く考えたことがなかった。

「文系と理系の区分でいえば理系です。そして理系の中には大きく二つの枠組みがあります。『理学』と『工学』です」

「あー聞いたことあるような、ないような」

「『理学』とは数学、物理学、天文学、生物学など、真理の追究を目的とした学問のことです。リンゴが落ちるのはなぜか。どうして鳥は飛べるのか。なぜ太陽は東から昇るのか。人には変えることのできない、自然界の現象や法則を解明する学問です。いわば〈WHY〉を探究するのが『理学』ですね」

これに対し、と亘理さんはショーケースに手を置いた。

「『工学』は理学で得られた情報を応用して、新たなものを作り出す学問です。空を飛びたい。夜でも明るい光がほしい。遠くにいる人と話したい――人々の〈WANT〉を叶え、あるいは解決する学問です」

話しながら紳士がショーケースに張りつくようにしてパンを覗き込む。

「『理学』で得る解は絶対的で、普遍的とも言い換えられます。一足す一は二であり、今日は三、明日は一といったように解が変化することはないでしょう？　覆ることがない、絶対的なものです。一方、『工学』の持つ解は一つではありません。空を飛ぶにしても、気球、飛行機、人工衛星と様々な解があります。なにが最適かは目的で変わってくるのです」

「へー、面白いですね」

理系って数学とか化学のイメージだったけど、こんなふうに分かれてたのか。

……それで、この人、結局なんでパン屋をしてるんだろう。

疑問は残ったままだけど、今は他に聞きたいことがあった。

三つ揃いのスーツの紳士が腰と首を曲げ、数字の7みたいなポーズでショーケースのチョココロネを凝視している。

「さっきから、なにしてるんです？」

「知りたいですか？」

あっ、訊いちゃいけないやつだわ。

「やっぱりいいで――」

「ではこちらを。お代は結構ですので」

いうが早いか、紳士はおそるべき素早さでショーケースからチョココロネをトレイに移して「さあさあ」とおれに迫った。圧が強いよ、圧が。

断ろうとしたとき、カカオの香りが鼻腔をくすぐった。

ふっくらと焼き上がったコロネはすごく形がいい。バランスの取れた巻き貝型で、こんがり小麦色の表面がつやつや光っている。

見るからにサックサクの表面に弾力がありそうな生地。その真ん中には濃い色のチョコクリームがたっぷり詰まっていて、今にもこぼれそうだ。

ごくり、とおれの喉が動いた。

「そんなにいうなら、まあ」

しぶしぶの体で受け取ったけど、にやけてしまった。

だってこのパン、ずっしり重いんだ。フィリングが詰まっている証拠だ。

「いただきまーす」

大きく口を開けて、頭からコロネにかぶりついた。

ああ、これこれ！　とろっとチョコクリームが溢れて、カカオの香りが鼻を抜ける。なめらかなクリームは濃厚で、ちょっとビターな大人の味だ。それにこの生地。こんがり焼けたパンの下から、もちもちの食感が顔を出して。

ごくん、とのみこんで、おれは深くうなずいた。

「ふつう」

「ふつう！」

紳士は額に手をあてて天を仰いだ。

「いや、おいしいですよ。形がよくて、おいしそうで。ただ見かけ倒しというか」

想像したより生地が硬かった。見た目がいい分、期待しちゃうんだ。そのせいで生地のちょっとしたパサつきや硬さが悪目立ちしている。

おれがコロネを平らげる頃には亘理さんはがっくりと肩を落としていた。

「やはりそうですか」

「やはりって？」

「ベルヌーイの螺《ら》旋《せん》です」

「べ……」

「ベルヌーイの螺旋、対数螺旋ですね。$r=ae^{b\theta}$という式で表される、端的にいえば拡大しても縮小しても形が変わらない螺旋のことです。アンモナイトの渦巻きの形といえばイメージしやすいでしょうか。台風の形状などもこれにあたります。数式のaには螺旋の広がる大きさが、bには曲がり具合の係数が入ります。eはもちろん自然対数の底です。欧米ではオイラー数と呼ばれていますが、日本ではネイピア数という名のほうが知られていますね」

流れるような説明が春風みたいにおれの右耳から左耳へ吹き抜けた。さすが大学教授、話についていくのでやっとだぜ。

「そのベルなんとか螺旋とチョココロネって、関係あります？」

亘理さんが急にあらたまった様子になった。

「ここだけの話にしていただきたいのですが、以前よりチョココロネの形状には研究の余地があると考えていました。腕のよい職人が作るチョココロネは……なんと！　パンのお尻から見るとベルヌーイの螺旋になっているのです」

「アッ、ハイ」

「ショーケースのコロネをご覧ください、どうですか私の技量は。どれも良い線だと思うのですが、ベルヌーイの螺旋を再現しているとはいいがたいでしょう。調和も重要です。中に詰めるチョコクリームの量は生地の厚みと比例しなければいけません。完璧なベルヌーイの螺旋の生地と完璧な配分のチョコクリーム。この二つが噛み合ったときが最上のチョココロネであることを証明したいのです」

　この人、ホントに賢いの？

　パン屋の紳士を胡乱《うろん》な目で見つめたとき、別の声が答えた。

「わかります、サイコーの存在ってことっすね」

　おれの隣にひょろりとした青年が現れた。

　身長百七十センチ弱、十代後半。目深に黒いキャップをかぶっている。首に赤や黄色のまざった派手なストールを巻いていて、人相まではわからなかった。着丈の長い灰色のカーディガン。脛に穴の開いた黒いデニム。革靴――なんだか駆け出しのバンドマンみたいな男だ。

青年は物憂げに吐息をもらし、キザったらしくささやいた。

「見た目も中身も大事。オレも理想の彼女がいるのでよくわかります」

えーと、どちら様？

見ず知らずの青年は饒舌《じょうぜつ》に話を続けた。

「でも外見が理想的だからって、少し付き合ったくらいじゃ中身までわからないですよ。結婚したいけど一生のことだから……これでいいのかって思うわけなんですよ。本当にあの子で間違いないのかって」

だから誰なんだ、なんの話だよ、モテないおれに彼女自慢か？

モヤモヤして視線を返すと、青年はやれやれといわんばかりに首を横に振った。

「真面目に悩んでるんです、もっといい子がいるんじゃないかって。だってレベルが低い子とか間違った相手といるのは時間のムダっしょ？　オレにぴったりのサイコーの女、そういう子がいいんです。そう思うと……まだ誰とも付き合えなくて」

「まだ誰とも付き合ってないのかい!?」

腹の底から叫んでしまった。

「彼女いない？『まだ』ってことは彼女がいたことすらないのか？　それなのに結婚の心配してるの？」

青年は息をのみ、わっと甲高い声をあげた。

「だって失敗したくないんだ！　選んだ人がそうじゃなかったら最悪だ、オレは人気者で美人で性格がよくてほどほど頭がよくて地味そうに見えてスタイル抜群の彼女がほしいんだ！　絶対そんな子と結婚するんだ、どうしたらいいんだああ！」

正直すぎる……！　外で叫んじゃいけないやつだよ。

なにか触れてはいけない感情を刺激してしまったらしい。青年はおれの冷たい目をものともせず、すがりついてきた。

「教えてください、どうしたらオレにぴったりの最愛のお嫁さんに出会えます⁉」

「そんなのおれが知りたいよ……」

「なんかあるでしょ、知ってるでしょ⁉」

「そういうことでしたか」

青年を引き剝がそうと悪戦苦闘していたとき、亘理さんの声が響いた。

英国紳士風の教授は自信に満ちた声でこう続けた。

「パンをご馳走してください。その問題が解を持つことを示しましょう、ネイピア数で」

2

昼下がりの北海道神宮の表参道前。新緑がさらさらと揺れて、気持ちのいい日差しが降りそそぐ。

神宮に向かう参拝客が横目でおれたちを見ている。

看板はまだ出てないけど〈エウレカ〉の空色の車体は目を引く。そこにピンクのしゃれたシャツのおれ、英国紳士風のナイスミドル、黒っぽい服装のバンドマンだ。なんの集まりか不思議なんだろう。おれも不思議だよ。だって亘理教授が期待に満ちた目でこっち見てるんだから。

なぜおれを見る。

確認したくないけど、黙ってやりすごせそうになかった。

「あの。パンをご馳走してくださいって、おれにいいました?」

「はい」

「どうしておれが」

「パンの食べ歩きがご趣味と伺い、お知恵を拝借したく。チョココロネがおいしいベーカリーをご存じなのでは？　あるいは私が理想とするチョココロネについてアドバイスをお持ちかと」

「そりゃ、ありますよ。でもおれを巻き込まないでください。知りたがってるのはこっちのバンドマンでしょ」

「あっ、大学生っす」

青年がもごもごと答えた。

「そうなの？　てっきりホストか駆け出しのボーカルかと」

細身で声が高いから、そういう路線を目指している人かと思ったよ。

「音楽なんてなんも。モテる服って、こんなかんじかな……って」

えへへ、と大学生は恥ずかしそうにド派手なストールに顔を埋めた。

なんだお前……同志だったのか。

そうとわかると親近感が湧いて、おれは深くうなずいた。

「わかる、服装って大事だもんなあ。その服いいセンスだな。わかるなー、おれもファッションにはちょっとうるさいからさ」

「え」

大学生が畏敬のこもった目で、おれのスマイリーピンクシャツを見た。

照れるなあ。よく同級生にも『その服を着こなせるのはあさひだけだ』って褒められたっけ。モテない仲間だとわかった以上、捨て置けない。

おれは亘理さんに厳しい目を向けた。

「パンのことはおいといて、亘理さん、ちょっとひどいんじゃないですか。ネパール数だかなんだかの数学で恋愛を解決しようなんて。人は機械じゃないんだから」

「ネイピア数です。ただの数学でもありません」

「数字使ってるんだから数学ですよね？」

「いえ、数理工学です」

「すうり……？」

「繰り返しになりますが、数学は〈ＷＨＹ〉を探究する学問、原理や法則を発見するものです。一方、数字を用いて実生活に役立つものを生み出すのは〈ＷＡＮＴ〉の領域です。こちらの青年の願い――〈ＷＡＮＴ〉に応えるとなれば、まさに工学の分野、すなわち数理工学です」

「守備範囲広すぎませんか、工学」

「数学でも工学でもいいですよ、どうすればオレは幸せになれるんです!?」

青年が話に割って入ると、亘理さんはしれっとした顔でいった。

「それは福丸さんしだいですね」

この人、パンのことになると、たいがい大人げないよな……。

「あーあー、わかりました！　チョコココロネおごりますよ」

亘理さんの口の端が緩んだ。しめしめ、とひとの悪い声が聞こえるみたいだった。

でもそこは紳士。悪い笑みを引っ込めると、教職者らしい口調で答えた。

「最愛の女性と結ばれる方法でしたね。ずばりお答えしましょう。あなたが交際する方がｎ人の場合、n/e人目までの候補者を見送り、その後現れる最も高得点の方の手をお取りください」

沈黙が落ちた。

亘理さんは万事解決って顔だけど、大学生はフリーズしている。

おれもさっぱりだ。

「亘理さん、もっとわかりやすくお願いします」

「具体例ですか？　仮に十人の候補がいる場合、三人目までは付き合うだけで別れ、四人目以降で現れるこの人だと思う方と結婚すればいいのです」

人として大丈夫なのか、その回答は。

微妙な空気が流れる中、亘理さんは理知的な目で語った。

「『最適停止問題』です。この問題には様々なタイプがありますが、基本的には『ある期限内に決断を下し続ける場合、どのようなタイミングで停止するのが最良か』を問うものです。ここで活躍するのがネイピア数、ベルヌーイの螺旋の話題で触れたeです。非常に重要な定数なので、覚えておいて損はないでしょう。ネイピア数とは自然対数の底と呼ばれる定数で二・七一八二八……と円周率のπのようにどこまでも続く無理数であり超越数で――おや？」

おれが白目を剝いていたら、亘理さんがやっと気がついた。

「難しいですか。では身近な例で。お金は生活する上でとても大切なものですが、お二人は銀行口座をお持ちですか？」

おれとひょろりとした大学生は顔を見合わせ、「そりゃあ」「はい」と答えた。

「仮に一年間お金を預けると、百パーセントの金利がつく銀行があるとします。そこに一万円預けると、一年後、預金はいくらになりますか？」

「元本の一万円に百パーセントの利子がつくんだから、二万円ですよね」

同志が答えた。

一年で倍。夢みたいな銀行だ。

「正解です。では預けっぱなしにせず、半年後にいったん全額下ろします。この時点で五十パーセントの利息を得ているので、元本と利息分を合わせてすぐに預け入れれば、残りの半年ではさらに多くの利息が得られるはずです。この場合は一年でいくらになりますか、福丸さん」

「ええーと」

算数苦手なんだよな。うーん。

「五十パーセントってことは、一・五倍ってことですよね。半年で一・五倍。それが一年分だから、一・五かける一・五倍……？」

「合ってますよ。計算してみましょう。1.5 × 1.5＝2.25――一年後には元本と利息を合わせて二万二千五百円になります」

おれは目をみはった。

「一回下ろしただけで二千五百円も増えるんですか。お得ですね」

「ええ、お得なのです。それでは三ヶ月ごとに引き出しと預け入れを繰り返すと？」

「半年のときより多くもらえる、金額知らないけど！」

かぶせ気味に答えたら、亘理さんは苦笑した。

「三ヶ月ごと、二十五パーセントずつの金利は 1.25 × 1.25 × 1.25 × 1.25 ≒ 2.44。一年後には約二万四千四百円です。おっしゃるとおり、金利が短い期間でつくほど金額が増えます。では一ヶ月、十日、一週間、一日、一秒……と金利をかぎりなくこまかく設定できるとしたら、預けたお金はどこまで増えるでしょう？」

「そりゃもう、こまかくするほどがっぽがっぽ」

「そうはなりません」

「え？　だけど金利の期間が短くなるほど、お金は増えるんですよね？」

賛同を求めて隣を見ると、同志は両手で腰や脇をぱたぱたと叩いていた。

なにしてるんだ？

目が合うと、同志はストールの奥でもごもごと答えた。

「スマホどこに入れたかなって。この服ポケットが多くて……あっ、オレに構わず話を続けてください」

マイペースなやつだ。その点は亘理さんも負けてなかった。

「では倍率に注目してみてください。一年間預けたままなら二倍、半年ごとでは二・二五倍、三ヶ月ごとは二・四四倍でしたね。計算式は省きますが、一月ごとの利息では二・六一三倍、一日ごとでは二・七一四倍になります」

おれは頭の中で数字を並べて、首をひねった。

「一ヶ月ごとと一日ごとで、一パーセントしか差がないんですか？　月一で預金を出し入れするのと毎日するのじゃ、労力が三十倍違うのに」

「よい点に気づかれましたね。理論上、十二時間、一時間、一秒と預金の出し入れをしたところで、倍率は二・七一八からほぼ変動しなくなります。無限に増えていくようで、じつはある数値に収束していく。これこそが自然対数の底、ネイピア数です」

目からウロコが落ちるみたいだった。

この世界にいろんな原理があることは知っている。音より光のほうが速いとか、重力があるから物が下に落ちるとか。説明はできないけど体感で知っている。だけど目に見えないし触れられないところにも、ちゃんと法則があって、数字を使うことでその姿が捉えられる。

数学って難しそうだから敬遠してたけど、ちょっと面白いな。

「複利計算を例にしましたが、ネイピア数は数学、物理、化学、様々な場面で活用されています。ネイピア数の発見なくして科学技術の発展はありません」

「そんなに？」

ちょっと大げさなんじゃないかと疑ったけど、亘理さんの説明はなめらかだった。

「ネイピア数は様々な数式に登場しますよ。放射線の半減期、人口増加と資源の関係、通信技術や電気回路、薬を飲んだときの代謝、湯飲みのお湯が冷めるまでの温度変化の計算にも用いられます。この定数があることで、複雑な計算をスマートに行うことができるのです」

あまりに身近な例が出てきて、思わずうなる。

「おれたちの暮らしのほとんどに関わってるじゃないですか」

「おっしゃるとおりです。そしてこのネイピア数を用いることで、あなたが望むすてきな女性と結ばれる方法がわかるのです」

「重要すぎません？」

おれは前のめりになった。「なあ」と興奮気味に同志に呼びかけると、同志はスマホの時計を見ていた。おいおい。

大学生はやっとスマホから顔を上げて、何食わぬ顔で会話に交ざった。

「その方法って、どんなです？」

「ではもう一例。採用面接があるとしましょう。あなたは面接官で、百人の応募者から一名だけ採用します。ただし一人面接を終えるごとに、その人を採用するか決めなければなりません。決めた時点で面接は終了です。あなたならどれくらい面接したところで採用者を決めますか？」

「うーん、二、三人じゃわからないから、十人くらい？」

「残りの九十人は確認されないのですね」

「そういわれるとなあ。七、八十人くらい……あっ、でも一人面接するごとに採用するか判断しなきゃいけないのか。八十人も面接したら逆に選べなくなりそうだ。前の人のほうがよかったとか後悔しそう」

「どのタイミングで優秀な方が現れるのか予測できないので、判断の難しいところですね。しかし、じつは答えは出ています。最初の三十七人は見送り、その中で最も優秀なレベルの人を抽出する。そして三十八人目以降の面接で抽出されたレベルと同等、もしくはそれを超えた人を採用すればいいのです」

「へー、そんな決め方でいいんだ」

「百人の中で最も優秀な人材ではないかもしれません。しかし優秀な人材を逃さず確実に雇い入れる、最良の選択ができます」

「あー」

わかったのか、わからないのか。同志は生返事をして遠くに視線をさまよわせた。

ひょっとして、話についてこられてないか？

「なんでその人数なんです？　三十五とか四十のほうがキリがいいのに」

おれが助け船を出したら、答えたのは同志だった。

「ネイピア数ですよ。百を二・七一八で割ると、だいたい三十七。さっきの複利の話と一緒。いくらお金を出し入れしても、あるところで倍率は変わらなくなる。採用試験も同じで、三十八人以降の応募者を見続けても、結果は大きく変わらなくなる……だからそれ以上続けなくていいってことですよね？」

なんだい、おれよりずっと理解してるじゃないか。

亘理さんがほほえんだ。

「おっしゃるとおりです。これを応用したものが最初にお伝えした回答です。仮に一年に一人ずつ交際し、十人の候補がいるとしましょう。この場合、あなたは三人目まで無条件で見送り、四人目以降で現れるこの人だと思う方とお付き合いすれば、ほぼ理想の女性と結ばれることができるでしょう。ただし――」

「そっかあ！　だから最初に三人って！」

急に同志が大きな声を出した。

「どうしたんだよ、急に」

「だってすごくないですか？　そんな方法でわかるんですねえ！　いやあ、すごいや、やっとわかりました！」

ぼんやりした態度が打って変わって、やたらとテンションが高い。理想の彼女と付き合えるかも、とわかったとたんにこれだ。まったく、お調子者だ。

そのとき、しゃがれた声が響いた。

「マナブでないか。なした、そんな騒いで」

近くのバス停から、背中の曲がったおばあさんと年輩の女性がやってくる。

マナブと呼ばれた同志は面食らった様子で女性たちを見た。

「ばっちゃん？　ばっちゃんこそどうしたの、こんなところに」

「いつものおまいりだ。今日でしまいだけどな。老人ホーム決まったんだけど、まあ遠いのさ。マナブはなに騒いでたんだ？」

「やー、どうやったらサイコーの女の子と結婚できるか、この人たちと考えてて」

同志は赤と黄色のストールをいじりながら照れくさそうにした。それを見た年輩の女性はきょとんとした顔になり、おばあさんは目をつりあげていった。

「またはんかくさいことして！　一所懸命生きてりゃ、アンタのよさがわかる子が来るしょや。マナブ、これから東京の大学だろ？」

「うん」

「したっけ、勉強がんばんな。まー、あのマナブが東京の大学ねえ。頭の出来はウシオのほうがよかったのに」

「それ、いわないでほしいなあ」

「年下だもんな。ウシオはしっかり者だ。マナブといっしょだと、どっちが遊んでやってるのかわからんかったわ」

かっかっ、と笑われ、ひょろりとした同志は恥ずかしそうに革靴に視線を落とし、

「とにかくさ」と少し強引に話題を変えた。

「ばっちゃんのホームが決まってよかった。達者でね」

楽しそうに話していたおばあさんの顔から、すっと笑顔が消えた。

「ホームってなんだ」

「引っ越すんだろ？」

おばあさんは硬い表情で語気を荒くした。

「どこにも行くもんか。あたしはうちを離れないね、死ぬときだってうちだ」

おれは困惑した。いってることがさっきと真逆だし、性格が変わったみたいに顔つきまで違う。

すると、年輩の女性がおばあさんの背中に触れた。

「おかあさん、そろそろ。――マナブ、いつもありがとね」

同志は女性と視線を交わして「いえ」と小さく首を横に振った。

「どこさ行く？」

「おまいりですよ。もうすぐそこじゃないですか」

おばあさんは不思議そうな顔をして、うながされるまま歩き出した。

緩やかな勾配の表参道を行く二人の歩みは遅く、遅々《ちち》として進まない。それでも大学生は二人が遠ざかるまで見送り、ようやくおれたちに向き直った。

「なんか、ごちゃっとしちゃいましたね。でもすごく勉強になりました。ありがとうございました。じゃあオレはこれで——」

同志がそそくさと去ろうとしたとき、震える声が空気を打った。

「素晴らしい」

亘理さんが目を見開き、感極まった様子で同志を見た。

「あなたは、じつにチョココロネです」

「は？」

「え？」

ぽかんとするおれたちをよそに英国紳士風の店主は興奮気味にまくしたてた。

「ぜひ伺いたいことが三つあります。第一に、その洋服はよくお召しに？」

「はあ？　まあ……お気に入りなんで」

「なるほど。二つ目ですが、ご婦人方とはここで会う約束をされていたのですか」

「してませんよ」

「おお！」

紳士は嬉しそうに目を輝かせた。

なんですか、その不気味な反応は。なにがそんなに心の琴線に触れたのか、まったくわからない。

同志が少し気味悪そうにしながら言葉を付け加えた。

「知り合いのばっちゃんだから。そういう相手とわざわざ約束はしないでしょ」

「お世話になった方ではないのですね」

「世話になったというか、子どもの頃は遊びにいったり、おやつをもらったりは」

「ウシオさんもご一緒に？」

紳士がしゃべるごとに距離を詰めていくので、大学生は曲がった青ネギみたいに背中をそらせた。

「ちょっと亘理さん、どうしたんですか急に」

見かねておれが声をかけると、パン屋の紳士は我に返って一歩下がった。

「これは失礼いたしました。とても興味深かったもので。三つ目、次で最後です」

質問やめないのかい。

呆れて注意しようとしたとき、亘理さんが天気の話でもするみたいな気軽さで、こういった。

「あなたはなぜ、他人に成り代わっているのですか？」

へっ、とおれの口から間の抜けた声がこぼれ落ちた。

他人に成り代わる？

「なにいってるんですか、亘理さん」

「言葉のとおりです。この方はマナブさんではありません」

「いや、いってることが変ですって。おれたち会ったばっかりじゃないですか。この大学生がどこの誰かも知らないのに、他人に成り代わってるかどうかなんて、知りようないでしょ」

同志はぽかんとした様子で立ち尽くしていた。

だよな、いきなりニセモノ扱いされたら困惑するよ。それなのに亘理さんはしつこかった。

「お会いしたときから気になることが二つありました。あなたはマナブさんではありませんね。たとえばウシオさんなのでは？」

「亘理さんいい加減に――」

「おかしいな、初対面ですよね？」

おれの声に同志の声が重なる。

同志はキャップを取り、赤と黄色のド派手なストールを外した。細い首とすっきりとした顎のラインに違和感を覚える。

次の瞬間、おれは息をのんだ。

乱れた前髪を手ぐしで後ろになでつけたその人はイケメン――ではなく、ショートヘアの美少女だった。

3

意思の強そうな形のよい眉に、大きな目。赤や黄色の交じったストールがないだけで、どれだけ整った顔立ちかとはっとさせられる。

間違いなく女の子。男に見えたのが嘘みたいだ。

おれは口をぱくぱくさせた。

信じられない……。

「チョココロネ。チョココルネ。地域や時代によって呼び方は異なりますが、クリームパン同様、チョコココロネも日本発祥のパンです。おそくとも明治時代にはあったとされ、昔はチョコレートスネール、コルネットなどと呼ばれていました。コルネットとは金管楽器のことですね。もしくは角や角笛を意味するフランス語のコルネが由来とされていますが、考案者不明で詳しいことは定かではありません」

こっちも信じられない。

いつの間にか白い手袋をはめた亘理さんがトレイにのせたチョコココロネを片手に講釈している。

なんでこの流れでパンの話ができるんだ。驚かない？　驚こう、目の前に驚愕の展開が広がってるよ？

おれの心の声が聞こえるはずもなく、亘理さ……いや、パン紳士は語った。

「百数十年の歴史を持つチョココロネは神秘と謎に満ちています。円錐型の金属に生地を巻いてこの形に成形するのですが、考えてみてください。なぜこの形なのでしょう？　円錐より円柱状の道具のほうが簡単に手に入ります。たとえばシチリアのカンノーリという伝統菓子。こちらは筒状にしたパイ生地を油で揚げてリコッタチーズのクリームを詰めたものですが、かつてはサトウキビの芯にパイ生地を巻いていたそうです。身近な加工しやすい物を使って生まれた名菓ですね。比べてこのチョココロネといったら！」

紳士は心打たれた様子で首を横に振り、トレイのコロネにささやいた。

「なぜこの形に？」

絵面が惜しい。相手がパンじゃなくて人間だったら少しはまともに見えた。

「嗚呼、この独創性。生地を螺旋に巻くというアイデア、そこに潜むベルヌーイの螺旋！　カスタードではなくチョコクリームを選ぶセンスもさることながら、自然界に生まれる麗しきフォルムに着目するとはなんたる慧眼《けいがん》。生き馬の目を抜くパン社会で百数十年も愛され続けるチョココロネはまさに現代のアンモナイト、人々に浪漫と想像力を喚起させる現代の化石ともいえるでしょう」

いえないよ。たとえが独特すぎる。

亘理さんが変な感性を発揮したおかげで、おれは常識的な感覚を取り戻した。

「パンの話はいいんで。同志……じゃなかった、この女の子が他人のふりしてるってどうしてわかったんです？　とりあえずマナブって人じゃないのはわかりますよ。どう見ても女の子だし」

目が合うと、少女がにやりと不敵な笑みを返してきた。

やられたな。ストールで顔が見えなかったとはいえ、服装と背の高さですっかり騙された。声が高いって最初に思ったのに。亘理さんはどうして気づいたんだ？

悔しいやら気になるやらで、おれは質問を重ねた。

「会ってから三十分も経ってないですよね。しかも話題は最愛のお嫁さんがほしいとか、個人情報がわかるような話はしてないのに、どうして」

パン紳士はコロネを掲げてうっとりと眺めている。別の世界にお出かけ中かな、と心配したけど、紳士はパンを愛でながら答えてくれた。

「まず気になったのは服装です。黒いデニムの脛が破れていますね。膝頭の下が擦れて穴が開くことがありますが、それにしては穴の位置が低い。この方の体格に合っていない印象を受けました」

「……本当だ」

職務上、背恰好や服装を覚えるようにしているけど、服の傷み具合まで気にしてなかった。ダメージ加工なら他の場所も破れているはずだ。

「そして、あの不可解な発言」

「えっ、どれです？」

そんな変な発言あったか？　亘理さんが不可解っていうくらいだ、印象に残る発言のはずだけど、まったく思い当たるものがない。

どんな言葉が飛び出すか固唾《かたず》をのんで待っていると、変なことを訊かれた。

「福丸さんは今お召しの服にポケットがたくさんあると思いますか？」

「ポケット？　えーと、考えたことないです」

「私もです。しかしこの方は真っ先に数を気にされました」

――この服ポケットが多くて。

そういえば、服の上からポケットの位置を探りながら、そんなことといってたな。

「よく使うポケットと別のところに入れてしまい、他のポケットを探ることはありますが、『ポケットが多いかどうか』は発想にありませんでした。デザイン性の高い衣服ならばそうした言葉も出るでしょう。しかし拝見するかぎり、この方が着ているのはカジュアルブランドの一般的なデザインです」

亘理さんのいうとおりだ。奇抜なデザインでもないし、おれが普段着にしているパンツもどれも似たような形をしている。というか。

「そもそもポケットって、パンツならサイドと尻、アウターなら脇と胸ポケットがあるかどうかですよね？　ポケットに多いも少ないもないような」

「ですから、普段はこうした服を着ない方ではないかと仮説を立てました。服は誰かのもので、本人のものではない」

「なるほど」

　さすが亘理さん、そんなところから推理を組み立てていたのか。

おれが感心したら、はあー、と盛大なため息が聞こえた。

「あのね、女の子の服ってポケット全然ないんだよ。ついててもリップしか入らないようなちっさいの。スマホが入る大きいポケットがこんなにあって、メンズ服がうらやましいよ」

　ぷりぷりとした様子で美少女は腰に手をやった。

「では、その服は？」

「……………マナブの」

「靴はご自身のものですね。足にフィットしていて真新しい。厚底のデザインですが踝《くるぶし》の位置が不自然に上がっているのが気になります。シークレットブーツですか？」

　ショートカットの彼女はちろっと舌を出した。

「これもバレてたんだ。そうだよ、身長盛ったら男の人っぽく見えるでしょ」

おれは内心でうなった。

だから亘理さんは最初の質問で服のことを訊いたのか。

靴底の厚さまで見なかった。ポケットの話は完全に聞き流していたし、そもそも服装を覚えても、そこにどんな意味があるかまで考えていなかった。

白い手袋をはめて工芸品のようにコロネのトレイを持つ、英国紳士風のナイスミドル。アクが強すぎてかすむけど、やっぱりこの人はただ者じゃない。

「さて。マナブさんでないのなら、あなたはどなたでしょう？」

「うーん、答えてもいいけど、その前に『気になること』が知りたいな。一個目は服装でしょ？　もう一個はなんだろ。教えてくれたら名乗るよ」

にこっと少女が屈託なく笑う。

この子も一筋縄じゃいかなそうだ。

「そういうことでしたら。もう一つの気になることは、あなたが私たちの会話に交ざったことです」

少女は目をぱちくりさせた。

「そんなことで？　声とか話し方が変だったとかじゃなくて？」

不思議そうにする少女を前にして、亘理さんの表情が優しくなった。

「私は学生と接する機会が多いのですが、自己開示する学生はあまり多くありません。日常のささいな会話を重ねるうちに、ぽつぽつと心の内を語ってくれるものです。ところがあなたは見ず知らずの私たちの会話に交ざり、理想の恋人がほしいとおっしゃった。いまどき、そこまであけすけな若者は珍しい」

「たしかに……不自然かも」

おれは腕組みした。

おれだってモテたいけど、人目をはばからずモテたいなんて叫べない。同志の勢いにのまれて見落としてたな。いや、それだけじゃないぞ。

「真に迫ったモテたい気持ちも、女性受けを意識したセンスのいい服も、全部罠だったんだな、なんてこった……！」

「それはさておき、手がかりは間違いなく〈マナブ〉さんです。この方がマナブさんに成りすましていると仮定すると、理想の彼女を求める発言は自己開示ではなく、別の意図があったと考えられます」

それはさておき、おれの推理に一切触れずに亘理さんは分析を続けた。

「スマホの時刻を気にしたり、あたりを眺めたりしていましたね。ご婦人方が現れたとき、合点がいきました。あなたはあの二人を待っていて、私たちに話しかけたのは時間潰しだったのだと。ところが二つ目の質問で待ち合わせをしたのか尋ねると、『してない』とおっしゃった。俄然、謎が深まりました」

それで亘理さんは二つ目の質問で興奮してたのか。

ん？　ちょっと待てよ。

「会う約束をしてない？　でもおばあさんたちを待ってたんですよね、しかもわざわざ他人の服着て、その人に成りきって……あれ、どういう状況？」

いいながら混乱してきた。

パン紳士も同じように感じていたらしい。「まったくです」とチョココロネを側面から愛でながら、おとがいに手をやった。

「マナブさんに成り代わりながら、会う約束のない相手を待つ。不可解です。しかも不思議なことに、ご婦人の一人はこの方がマナブさんではないと気づきながら容認しているようでした」

「私がウシオだと思ったのはどうして？」

かぶせるように少女が尋ねる。亘理さんは首を横に振った。

「マナブさんの私服を入手できるほど身近な人物だろうと目星はつきましたが、それが誰か断定できていたわけではありません。強いて挙げるなら、ご婦人がウシオさんの名を口にしたとき、あなたが寂しそうな目をされたので」

少女はきょとんとした顔になった。それから、少し寂しげに笑った。

「よく見てるんだね。合ってるよ。ウシオは私。さんずいに夕で汐《うしお》。高二だよ」

「まだ高校生？」

おれはまじまじと少女の顔を見てしまった。

いわれてみれば、あどけなさがある。さっきまで男子大学生と思っていたから、頭の整理が追いつかない。

汐と名乗った女子高生は得意げな顔でおれにいった。

「わかんなかったでしょ。うまくやる自信あったんだよね」

「まんまと騙されたよ。さっきのばあちゃんたちとはどういう関係？」

「マナブのばっちゃんとおばさん。あっ、マナブは私の幼なじみで二個上」

汐が指で数字をつくってみせた。

「マナブのばっちゃんは少し離れたところに住んでたんだけど、じっちゃんが死んで一人暮らしになってさ。様子を見にいくマナブにくっついて、私もしょっちゅう遊びに行ってたんだ。高校に入ってからはあんまり会ってないけど」

なるほどな、やっと関係性が見えた。

「幼なじみのばあちゃんで、君もよくしてもらったんだ」

「うん、本当のばあちゃんみたいだった。うちは祖父母が誰も残ってなくてさ、だからばっちゃんに会うの、すごく楽しかったんだ。おやつもらって、昔の遊びを一緒にして、時々マナブといたずらして怒られてさ。でも去年……ばっちゃんは、私のことわからなくなっちゃった」

小さな声でいって、打ち消すように言葉を続けた。

「わかる日もあったよ。ただ、だんだん人の名前とか顔が消えちゃって。家の鍵をかけ忘れたり、コンロの火をつけっぱなしにしたり」

もう一人暮らしは難しい、と当人が理解したようだ。頭がはっきりしているうちにケアマネージャーと相談し、老人ホームに入ることを決めた。ところがこの数ヶ月で急激に状態が悪くなり、訪問介護を増やし、家族が手伝うことでかろうじて生活が成り立っていたという。

「明日、老人ホームに引っ越すんだ。私は親族じゃないから、もう気軽にばっちゃんに会えない。だからその前に会っておきたくて。週末のおまいりは今も欠かさないっておばさんが教えてくれたから、ここにいたら会えるのはわかってた」

「会う約束をしてなかったのは、それでか」

ばあちゃんの習慣だったのか。わかってしまえば、なんてことのない話だ。

……だけど、ちょっと変じゃないか？

そんなに親しいなら、家に行けばいい。介護の人が出入りしていて気軽に行けなかったんだろうけど、だからって待ち伏せみたいなまねをしなくてもいいだろう。

そう尋ねようとしたとき、先に亘理さんが口を開いた。

「マナブさんは現在どちらに？」

「東京。向こうの大学に通ってる」

「二つ年上なら一年生ですね。新生活に馴染むのは大変でしょう」

「うん、ゴールデンウィーク明けたばっかだしね。簡単に帰ってこられない」

ふむ、と亘理さんはやっとチョココロネから視線を外した。

「マナブさんが不在の理由はわかりましたが、あなたがマナブさんに成り代わっていたのは、どういった事情からでしょう」

汐は肩をすくめた。

「ばっちゃん、マナブのことだけはわかるんだ。というか、マナブと同年代の男子は全員マナブになる。孫大好きすぎるんだよね」

借り物のド派手なストールをもてあそびながら、汐はからりとした口調で続けた。

「マナブと一緒に見送りできたらよかったんだけど、あいつ都合つかなくて。だったら私がマナブになるしかないっしょ。ばっちゃん、私のこと覚えてるかあやしいし、マナブに会えたほうが喜ぶんだから」

「それでマナブさんから服を借り、マナブさんのようにふるまっていたのですね」

そっ、と汐は軽やかに答え、自信に満ちた表情を見せた。

「マナブがいっつも彼女ほしいって騒いでたからマネしてみたんだ。私は声が低いほうだし、演技にも自信あるんだよね。初対面のあなたたちに女子だってバレなければ、ばっちゃんのこともしっかり騙せるでしょ?」

「その点はお見事でした」

汐の頬が緩んだ。亘理さんは賞賛を惜しまなかった。

「他人を演じるのは、言葉でいうほど容易いことではありません。年齢が近くとも異性を演じるとなれば、粘り強い試行錯誤がいったはずです。あなたはこの難題をマナブさんの私服を使うことでクリアし、大胆かつ繊細な演技力で見事にやってのけました。すべては相手を喜ばせるための形態変化といえるでしょう。その在り方はまさにチョココロネ……! 美しい渦巻き型のフォルムで人々を魅了し、誰もが愛してやまないチョコクリームで夢心地にする、本当に素晴らしい」

　コロネ片手に熱く説かれ、汐は苦笑いした。

「褒めてくれてるんですよね？」

「無論です。あなたは独創的で才能に溢れています。惜しむらくは、ご自身を偽った点です。それではいくら最愛の女性を前にしても、本物の笑顔を引き出すことはできません」

　汐が目を白黒させた。

「最愛の女性って……恋人がほしいって話？」

「ええ。『最適停止問題』が成立するのは、明確な前提条件があってこそ。どんな人材を望むのかを知らずに応募者を比べたところで、選びようがありません。同様にご自身の心を偽っていては、決してよい結果は得られないでしょう」

「やだな、あれはマナブのマネしただけで。私は理想の女性なんて求めてないって」

　茶化そうとした少女に亘理さんは真摯な眼差しを向けた。

「あのおばあさんが、汐さんの『最愛の女性』だったのでしょう」

　汐は虚を衝かれた顔になった。

「笑顔にしたい。ずっと一緒にいたい。幸せを願いたい。そう思える相手のことを、いとしい人と呼びます。恋愛にかぎったことではありません。あなたにとって、おばあさんはそう思える相手だった。だからこそ最後に振り向かせたかったのでは？」

汐は棒立ちになった。まばたきもせず、一人だけ時間が止まったみたいだ。

あまりに動かないから心配になったとき、汐はぽつりといった。

「そうかも」

そういって、今にも泣きそうな顔でへらっと笑う。

不意に見せた表情におれの心臓がぎゅっと痛んだ。

知り合いならふつうに会いにいけばいい。なんで待ち伏せみたいなことを——

だって？　ばかか、おれは。

「怖かったよな、ばあちゃんに会うの」

ぴくっと汐の細い肩が震えた。

「おれだったら怖いよ。もしばあちゃんに『お前誰だ』っていわれたら、認知症だろうなってわかっててもへこむさ。嫌な顔されたらもっとキツい」

忘れられるのは、つらい。その上、よそ者を見るような目で睨まれたら。

でも〈マナブ〉になれば違う。

ばあちゃんは安心する。昔と変わらない距離で、しゃべり方で、やさしい声で、笑顔を見せてくれる。たとえ自分の姿じゃなくても、お互いに幸せな時間を過ごせるならそれでいいじゃないか。

きっと、汐はそんなふうに考えたんだ。その気持ちはわかる。わかるけど、でもそんなのは……。

込み上げた気持ちをぶつけようとしたとき、亘理さんが自分の唇に人差し指をあてて沈黙を促した。

紳士の落ち着いた態度で冷静になれた。

そうだよな、こんなことといっても、なんにもならない。これ以上はヤボだ。

亘理さんは最初から全部お見通しだったんだろう。汐に向ける眼差しはとても優しかった。

「おばあさんは汐さんの名を口にされていました。あなたを忘れたわけではないと思います。記憶の引き出しが開きにくくなってしまいましたが、思い出は消えずにありますよ」

汐はその言葉が本当か探るように亘理さんを見つめ、力の抜けた声で呟いた。

「そっか。うん、そうかも」

自分に言い聞かせるみたいに言葉を嚙みしめて、うなだれる。それきり汐は動かなくなった。

こういう場面で、他人ができることはない。大好きな人に忘れられる怖さも、見ず知らずの他人のようにふるまわれる痛みも、誰にも覆せない。のみこめないくらい辛い現実に苦しみながら、どうにか消化していくしかない。わかっているんだ。

……こういうの、おせっかいだよな。

「追いかけたら？」

ウザがられると思いつつ、いわずにはいられなかった。

「君のこと思い出せないかもしれないけど、それはそれでさ。今日初めて会った気さくな女子高生ってことにしてしゃべったら、案外楽しいんじゃないか？　ばあちゃんの分も君が覚えていたらいいさ。北海道神宮なら話題にも名所にも困らないだろ」

汐の大きな瞳がじっとおれを見た。

うっ、やっちまった。ウザいっていわれる。

身構えた瞬間、汐が突然灰色のカーディガンを脱ぎ捨てた。

「そうする！」

キャップとド派手なストールをカーディガンでぐるぐる巻きにして脇に抱えた。

カットソー一枚では肌寒そうだけど、他人の服を脱ぎ捨てた女子高生は出会ったときから一番いきいきとして見えた。

亘理さんは目を細め、チョココロネに視線を落とした。

「汐さんがマナブさんに囚われたように、私もベルヌーイの螺旋に囚われていたのかもしれません。完璧な形を目指すあまりに生地を引っ張りすぎたか、手際が悪くて乾燥が進んだのか、あるいは焼成時間を誤ったかしたのでしょう。理想を追求することは大切です。しかし結論のために経緯をおろそかにしてはいけなかった。私もまだまだです。汐さん、目指す道は違いますが、共にがんばりましょう」

「もう行きましたよ」

表参道を駆けていく女子高生を指差すと、パン屋の紳士はちょっと切ない表情になった。

理知的でスマートで、小さな違和感も見逃さない観察力を持っている。さらにたった三つの質問から相手の正体まで見破ってしまうほどの推理力。警察官か探偵にでもなったら即戦力間違いなしだ。これで大学教授なんだから、世界は広いというか不思議がいっぱいというか。

そのとき、「おーい」と声が降ってきた。参道の途中で汐が手を振っている。

「ありがと、紳士のおじさん！　変な服のお兄さんも！」

「変な服？」

誰が、と呟きかけて息をのんだ。

「まさか……おれのこと!?」

愕然として隣を振り向くと、紳士は切ない表情のまま、気遣いに満ち溢れた眼差しをおれに向けた。

やめてくれ。

「ありがとー！」

汐はもう一度大きな声でいって、くるりと背を向けた。厚底の靴は走りにくそうだけど、吹っ切れたように軽やかに駆けていく。

ひっかきまわすだけひっかきまわして、まったく嵐みたいなやつだ。でも、ばあちゃんとうまくいくといいな。

「では連絡先を交換しましょうか」

余韻に浸っていたら、唐突に紳士がスマホ片手にいった。

「え、嫌ですけど？」

「チョコロネをご馳走してくれるとおっしゃったではないですか。私はこれから開店準備がありますので、後日、改めて待ち合わせをしましょう」

　そんな話あったね。思い出したくなかった。

「おれじゃなくて、別の人に頼んだほうがいいんじゃないですか。パン職人とか人気レビュアーとか。パンの改良なら、そっちのほうが何倍も役に立ちますよ」

「私はあなたにお願いしたいんです」

「なんでまた」

「『フクマルパン』です」

　不意打ちのように放たれた言葉に目玉が飛び出すほどびっくりした。

　驚くおれを見て、亘理さんはほほえんだ。

「やはりそうでしたか。福丸さんのお名前を聞いたときから、関係者ではないかと考えていたのです。フクマルパンはご親族のお店ですか？」

　すぐに返事ができなかった。まさか懐かしいパン屋の名前を聞くなんて思わなかったから。

「ばあちゃんの店です。もうずいぶん前に閉店しましたけど。町の小さなパン店だったのに、よく知ってますね」

「ファンでしたので。フクマルパンのパンは心が満たされるような、不思議なおいしさがありました。あの感覚が忘れられないのです。私が目指すのはフクマルパンの味です」

澄んだ目でいわれ、照れくさくなった。

「そっか……そういう話なら、付き合います」

亘理さんは嬉しそうにスマホのロックを解除した。

「ではベーカリーでチョココロネを手に入れたのち、福丸さんの分析を伺いたいです。完璧なベルヌーイの螺旋を持ち、チョコクリームの比率も完璧なチョココロネ。今から楽しみです」

それなあ。どう切り出したもんかと考えながら、スマホをかざしてSNSのIDを交換した。まあ、あとで話すのも今話すのも一緒だな。

「形にこだわってもしょうがないと思いますよ」

「と、おっしゃいますと？」

「コロネって頭からかじる人もいるし、後ろから食べる人もいるでしょ。横からかじる人だって」

「ええ。ですから、どこから食べても完璧な比率が求められ――」

「後ろをちぎって頭に突っ込む人もいます」

スマホを操作する紳士の指がぴたりと止まった。

「……今、なんと」

「ちぎったパンで蓋をするんです。そうすればチョコクリームが溢れないから」

宇宙人と恐竜が空から攻めてきたといわんばかりの驚愕の表情を浮かべ、紳士はたっぷり三十秒絶句した。

「そんな、ばかな……形を壊す……なぜ。ベルヌーイの螺旋の美しさはいつ愛でるのです、あの小麦色の螺旋を回転させながら食べて比率を楽しむ余韻はどこに」

あんた、そんな食べ方してたのか。

「食べ方は自由でしょ。うまけりゃいいんですよ」

「で、では、私が追い求めていたことは」

紳士はがくっと膝から崩れ落ち、ショーケースに手をついた。ショックが大きすぎたのか、前髪の一房が顔にかかっても払う余裕もなさそうだ。

「そこまで落ち込む!?」

任意同行をかけられたときのおれより落ち込んでいないか。

どう言葉をかけたらいいんだろう。チョココロネの食べ方一つでこんなに落ち込む中年の慰め方を知っている人がいるなら、ぜひ聞かせてほしい。

やがて、パン屋の紳士はゆらりと体を起こした。

「手痛い経験です。ですが、大いなる学びでもある」

前髪を整え、背筋を正す。

その瞳には理知的な輝きと燃えるような決意が宿っていた。

「ベルヌーイの螺旋を持ち、かつ、手が汚れないチョココロネの開発。まさしく工学的な課題ではありませんか。福丸さん、次のお休みはいつです」

前言撤回。もうしばらくめげていてくれ。

立ち直りが早いパン紳士のしつこさに負けて、おれはしぶしぶアプリを開いてスケジュールを確認した。

第3話

熱視線、北海道の味
ちくわパン

1

ごめんくださいと柔らかな声が響いたのは、あと少しで当直が明ける朝のことだった。交番の入り口に会社員風の女性がいた。

おれがそちらに向かうと、女性は深く頭を下げた。

「昨日はパトロールに来てくれてありがとうございました。あのくらいでどうかと迷ったんですが……来てもらって安心しました」

後れ毛を耳にかけながら、恐縮した様子でもう一度頭を下げた。

昨日は通報の多い夜だった。『敷地に知らない車が停まっている』というのを皮切りに『隣の家から叫び声がする』とご近所トラブルに対応、無銭飲食で現場に向かい、痴話げんかの仲裁をすれば触ってもいないのに『暴力警官だ！』と大騒ぎされ、タクシーを降りない酔っ払いを説得すればゲロを吐かれ。『家の中にゾンビがいる』とか『猫が脱走した』とか『公衆トイレの紙がないからすぐ持ってこい！』と……気がついたら夜が明けていた。朝日が目に染みるったらない。で、不眠不休でボロボロなところに、この女性があいさつに来た。

控えめにいって、女神。

「夜分にご迷惑をおかけしてすみませんでした」

「なんもです、あのあと休めましたか」

「おかげさまで。それでこれ、よかったらみなさんで」

差し出されたコンビニの袋には数種類のペットボトルが見えた。通勤前にわざわざ購入してくれたんだろう。申し訳なく思いながら、おれは丁重に断った。受け取るとワイロになっちゃうからな。

去り際、女性は何回も振り返って頭を下げた。その背中が見えなくなるまで見送って、おれはふうっと吐息をもらした。

「癒やされるわー」

とたんに肩をはたかれた。

いてっ、と顔をしかめ振り返ると、バインダーを手にした先輩が立っていた。

「なにするんですか、井野《いの》巡査長」

つり目で仏頂面の井野巡査長は、おれの指導員だ。二十代半ばで、百六十五センチほどの小柄な先輩だけど、纏う空気はヒグマ並みにおっかない。

「勤務中だ。そのにやけ顔を引っ込めろ」

「いいじゃないですか、このくらい」

おれは唇をとがらせた。実際、浮かれたくなるくらい嬉しかったんだ。

「いい人ですね、わざわざお礼にきてくれるなんて」

自分が大変なときにまわりを気遣えるなんて、誰にでもできることじゃない。それに比べて昨日のトンデモ通報の連中ときたら。

「警察がなんのためにいるのか、わかってない人が多くてびっくりですよ。便利屋かなにかと勘違いしてるんですかね。むちゃぶりしたり、横柄だったり。まったく、ありがとうの一言もいえないんですかね」

「福丸は感謝されたくて仕事をしてるのか」

「そんなことないですよ」

「だったら相手の態度にいちいち反応するな。お前は日頃から市民に馴れ馴れしく接しすぎだ」

いい方がきついのも井野巡査長らしい。まあ、慣れたもんだけど。

「気をつけます。ただ自分はさっきの女性みたいに応援してくれる方がいるから、いっそうがんばれるんです」

困っている人を助けたい。安心して暮らせる町にしたい。それがおれの仕事だ。

誇らしく思ったとき、パタン、とバインダーを閉じる音が響いた。

「福丸、警官辞めろ」

唐突に、氷のような言葉が投げつけられた。

井野さんは怒っていた。もともと怖い顔だけど、鋭い目が怒りに燃えている。

えっ、なんで？

困惑していると、井野巡査長の眼差しが冷たさを増した。

「こんなこともわからないなら、お前はこの仕事に向かない」

ばっさりと斬り捨てて、巡査長はデスクに戻っていってしまった。

おれは、ばかみたいにその場に立ち尽くした。


山のようにたまった書類をきりのいいところまで片付けて、どうにか夕方に退勤することができた。地下鉄さっぽろ駅に出て、ＪＲ札幌駅方面に歩きながらベーカリーを巡る。売り切れもあったけど新商品や目当てのものはぼちぼち手に入った。

宝の山を手に通路の脇に設置された木製ベンチに腰を下ろした。抱えたエコバッグからパンのいい匂いがして、仕事でささくれた心をなぐさめてくれる。

このまま帰ってごろごろしながらパンを頬張るのがいつもの楽しみだけど……今

日はそうもいかないか。

「だいたいこんなかんじですね、おれのおすすめ」

隣に顔を向けると、長い脚を優雅に組んだ英国紳士風の優男が満足そうにうなずいた。

今日の亘理さんは三つ揃いのスーツじゃなくて、ネイビーのジャケットにグレーのパンツを合わせている。カジュアルだけど品がよく見えるから不思議だ。

亘理さんは膝にのせたパンが詰まった紙袋を見つめた。

「興味深かったです。ベーカリーをはしごすると各店の特色がよくわかりますね」

「でしょ。店の個性がわかるとパンの選び方も変わるんですよ」

もともとはチョココロネをご馳走する約束だったけど、ほかのパンも勉強したいっていうからさ。なんやかんやで一緒にベーカリー巡りをすることになった。

まさか亘理さんと一緒に出かける日が来るとは。正直、面倒くさいなって思っていたけど、ちょっと楽しかった……ちょびっとな、ほんとにちょっとだけ。

「ここも面白いですね」

ふと亘理さんがいった。おれは首をひねった。

「ここって?」

「この空間です」

亘理さんが人通りのほうへ視線を投げた。

帰宅ラッシュの時間帯なのか、白を基調にした構内にはたくさんの往来があった。

おれたちが座る木製のベンチのそばには大きな円柱のオブジェがあって、ガラス張りのカフェや洋服店の賑わいを照らしている。おしゃれで雰囲気がいいけど、ものすごく特別なわけでも面白いものがあるわけでもない。

そう思ったとき、亘理さんが感慨深そうに呟いた。

「地下がこれほど発達していたとは驚きました。今日訪ねたベーカリーはすべて地下からアクセスできましたね。地図では離れた場所にありました」

「ああ、隣接する建物と地下街はだいたい繋がってるんで。札幌駅北口から地下鉄のすすきの駅まで歩いて行けますよ」

「そんなに」

驚く亘理さんを見て、ようやく『面白い』って言葉の意味がわかった。

「たしかにこの規模の地下施設って珍しいかもしれないですね」

ここは地下街。札幌市民の動脈だ。

さっぽろ地下街ができたのは一九七一年。札幌オリンピックが開催される前の年にあたる。東西に延びるのがオーロラタウンで、北辰の名前を冠したポールタウンは南北に広がる。これを起点に発展していった札幌の地下は広大だ。

札幌駅前通地下歩行空間からポールタウンを抜け、すすきのまで続く地下道は、全長一・九キロ。たしか直線で日本最長のはずだ。

無数にある出入り口は駅だけでなく、近くのビルと直結しているものも多い。地下構内には百四十店舗ほどの商店があり、イベント広場やベンチで休める場所はいくつもある。インコが暮らす小鳥のひろばは現役の待ち合わせスポットだ。昔は本物の水を使った小川や噴水まであったっていうのだから『地下の街』と呼ぶにふさわしい。

「オフィス街にしては通勤者が少ないと思っていたのですが、みなさん地下を利用していたんですね」

「あー、札幌の人は地上歩かないから」

暑い夏は冷房が効いていて、雪がどっさり積もる冬は歩きやすくて暖かい。強風の日も雨の日も、日差しが強い日だって地下のほうが快適だ。快適すぎて地上に出る理由がない。

地下をゆく人の顔ぶれは様々だ。会社員、学生、買い物帰りの人。年齢も歩調もばらばらだけど、みんな歩き慣れていて雑踏《ざっとう》が川の水みたいに流れていく。そんな往来を眺めていると、自然と頬が緩んだ。

この風景、好きだな。

ただの通り道だけど、ここを歩く一人ひとりに生活があって、それぞれの時間を生きている。札幌で暮らす人の日常がここにあって、その一端におれもいるのだと思うと、心があたたかくなった。

――福丸、警官辞めろ。

ふと、井野さんの声が耳に蘇った。

あんなふうにいわれたの、初めてだ。なんで怒られたんだろう……。

仕事をサボったわけでも、おかしな対応をしたわけでもない。そりゃあ、立ち話が多いとか電話相談が長いとか、処理が下手で怒られるのはわかる。でもしっかりと話を聞くのは悪いことじゃないはずだ。

市民との付き合いがあるから目配りできるし、褒められたら嬉しい。地域の人と仲良くなってなにがいけないんだ。井野巡査長みたいに仏頂面で睨みつけていたら、ますます警官が嫌われるじゃないか。

「どうかしましたか」

亘理さんの声でおれは我に返った。

表情に出ていたらしい。自分でも眉間のあたりが強張っているのを感じた。

「ちょっと考え事です、仕事のことなんで」

気にしないでください、といいかけて言葉をのんだ。

前から仕事のことで亘理さんに聞いてみたいことがあったのを思い出した。亘理さんならどんなふうに捉えるのか興味があった。でも解決済みとはいえ、一般人に事件の話をするのはどうかと思って、機会を逃してきた。

警官を辞めろっていわれて、気持ちが揺れていたせいかもしれない。

しばらく考えて、おれは口を開いた。

「少し相談していいですか。図々しいけど、誰にも内緒で」

亘理さんは片方の眉をちょっとあげて、こういった。

「小腹も空きましたし、コーヒーでもいかがですか」

2

テイクアウトしたアイスコーヒーを手に再び亘理さんと並んでベンチに座った。

　コーヒーは亘理さんがご馳走してくれた。爽やかな苦みが喉を滑り落ちると、頭がすっきりして、変に気負わずに話を切り出すことができた。

「少し前に傷害事件があったんです。早朝、コンビニのある交差点付近で、酒に酔った六十代の男が二十代の若者と口論からつかみ合いのケンカになりました。最初は若者のほうが一方的に殴る蹴るしてたんですが、騒ぎに気づいたコンビニ店員が駆けつけて。若者が店員に気を取られたところで、酔っ払いが持っていたウイスキーの瓶で若者の頭を殴打。重傷を負わせました」

　カップに口をつけようとした亘理さんが動きを止めた。

「聞き覚えがあります。被害者の若者はオレオレ詐欺をしていたのでは？　氏名と肩書きの異なる名刺を複数所持していたとかでニュースになりましたね」

「そうです、闇バイトの指示役で。よく覚えてますね」

「繁華街ならともかく、早朝の住宅街での事件でしたから。印象に残っていました」

　いわれてみれば場所と時間がイレギュラーだったかもしれない。でも状況を知っていると不思議でもなんでもない。

「コンビニ店員と被害者の若者が知り合いだったんです。被害者は二十一歳、無職。鼻に刃物で切った大きな傷があって、ケンカの勲章だって自慢したり、人を脅したりするのに使ってたみたいです。がらの悪い男ですよ」

「被害者と加害者は知り合いだったのですか?」

「いえ、初対面です。当初二人は闇バイトの仲間で、トラブルになったんじゃないかって見方もあったんですけど」

被害者の若者は大ケガ、加害者のじいさんも入院して、すぐに事情が聴けなかった。このため初動は手探りとなった。

蓋を開けてみれば、なんてことはない。

「ただのケンカですね。念のため関係者かどうか調べましたけど、接点はなにもありませんでした」

おれはアイスコーヒーを一口飲んで、言葉を継いだ。

「よくあるいざこざです。事件の様子はコンビニの防犯カメラに映ってるし、加害者のじいさんも犯行を認めてます。むしゃくしゃしてたとか、悪気はなかったとかいってますけど、酒瓶で殴ったことは反省してました。最初に暴行を加えたのは被害者の若者のほうだし、情状酌量になると思います」

「報道されているとおりですね。しかし福丸さんには気になる点がある」

「……はい」

事件は解決した。疑問を挟む余地はない。だけど、引っかかることがある。

「じつはおれ、加害者のハムさんと顔見知りなんです」

亘理さんは目を白黒させた。

「ハム?」

「ああ、あだ名です。ハムさん、脚が悪くて捨てられたハムスターを飼ってるんです。そいつを胸ポケットに入れて散歩させるもんだから、子どもたちからハムじいって呼ばれてて」

「なるほど。ハムスターのハムでしたか」

「ハムじいさんはなんていうか、交番の常連ですね」

おれはハムさんの姿を思い浮かべながら説明した。

六十八歳、中肉中背。独身、近親者なし。ハムさんはいつも薄汚れた服を着て、あまり風呂に入らないのか、近くにいくと古い皮脂の臭いがした。

三十歳のときに会社の金を横領して懲役刑を受け、以降はバイトや日雇い労働をしている。がらの悪い被害者との関係を疑われたのも、この経歴のせいだ。ハムじいさんは年中、金に困っていた。

「酒とタバコとギャンブルが大好きな、その日暮らしのじいさんです。勝てば大酒を飲んで路上や公園で寝転がって通報されて。かと思えば、家賃トラブルや飲食代不足でやっぱり通報されて。そのたびに聞かされる言い訳がまたひどくて」

『別れた女房が金を持ってくるはずだ』とか『俺も払いたいんだけどよお、募金箱に万札入れちゃってさ』とか。『昨日お袋が死んで葬式代がいるんだ』なんて話は三回は聞いた。

長い言い訳と明らかな嘘ばかりで、今思い出しても頭が痛くなる。

「こういういい方はよくないけど、ハムさんは町の嫌われ者です。嘘つきで酔っ払いで、問題を起こしてもどこ吹く風ですよ。次の日には悪かったねーって交番に来るんですけど、いつも缶チューハイ片手で、謝る気があるんだかないんだか」

「缶チューハイですか」

「夏でも冬でもですよ。安くて種類が多いでしょ？　うまいぞー、いろんな味あるから飲みながら話そうーって。こっちは職務中だってのに」

ヤニで黄ばんだ歯を覗かせて笑う顔が目に浮かぶ。

本当にどうしようもないじいさんだ。だけど、どこか憎めない。

そんなハムじいさんが鈍器で人を殴って、大ケガをさせた。

「事件の日、おれは休みで。なにがあったかはあとで知りました。正直、驚いたというか……未だに事件のことがうまくのみこめないんです」

ため息と一緒に視線が下がった。飲みかけのカップを揺らすと、氷とアイスコーヒーがぶつかってかすかな音をたてた。

「先輩たちはいつかやると思ったって話してます。おれもそう思います。あんな生き方してたら、事故やトラブルに巻き込まれて当然です。だけど暴力なんて」

「若者に殴られて過剰防衛になってしまったのでは？」

「本人もそう供述してます。ただ事件の直前からハムさんの行動は目に余ったし、自暴自棄で攻撃的になっていた気もして」

「自暴自棄だったんですか」

亘理さんに尋ね返されて、説明が足りないことに気づいた。

プライバシーに関することだ、どこまで話そう。迷ったけど、ハムさんの心境を知ってもらうには話したほうがいいと感じた。

おれはアイスコーヒーを一口飲んでから切り出した。

「ハムさん、病気だったんです。前にひどく酔ったときがあって、手術しないと生きられないってぼやいてました。『このままじゃ孤独死まっしぐらだけど、長生きしてなんになるんだ』って。『これからの生き方を考えないといかんなあ』って」

あのときは真面目に取り合わなかったけど、病状はかなり深刻だ。

「事件後からケガの治療で入院してますが、専門の病院に転院になるんじゃないかって聞いてます」

「そんなに悪いのですか」

「治療すれば回復の見込みはあります。でも本人にその気があるのかどうか」

事件を振り返るたび、考える。

ハムさんはしょっちゅう面倒を起こしたけど、暴力をふるう人ではなかった。明るくふるまいながら、絶望していたのかもしれない。やりどころのない苛立ちで攻撃的になっていたのか。それとも、ただ酒の勢いで殴ったのか。

おれは手の中でプラスチックカップを転がした。

「事件は解決しました。納得してないわけじゃないんです、だけどこう……パズルのピースがはまらない感じっていうか、しっくりこないっていうか。本当にただのケンカだったのか、時々わからなくなるんです」

我ながら、おかしなことをいっていると思う。事件に不審な点はない。終わったことだ。こんなことにこだわる暇があったら、たまった未決処理を片付けたほうがいい。頭ではわかってるんだ。だけど、なにかが引っかかる。困るのは、どうしてそう思うのか自分でも説明できないからだ。

言葉が迷子になってしまい、肩を落とした。

「伝わらないですよね……。すみません、自分でもなにがいいたいんだか」

こんなまとまりのない話をされても困るだろう。やっぱり話さないほうがよかったのかもしれない。

そう思ったとき、亘理さんの声が響いた。

「自供や犯行を映した映像があり、事件との整合性はとれている。警察の職務としてはそこまでわかれば充分でしょう。一方、書類に記されることだけが事実ではありません。福丸さんはそこからこぼれたなにかが気になっているのでは？」

おれは目をみはった。いいたいことがきれいに言葉になっている。

「そうです、そうなんです！」

思わず前のめりになると、亘理さんがほほえんだ。

「そうだと思いました。まるでちくわパンのような事件ですからね」

「………はい？」

「ちくわをまるごと一本と、ツナマヨを詰めた総菜パンです。北海道ではメジャーですよ？」

「ちくわパンはよーく知ってます！　そうじゃなくて、なんでちくわパン？」

「伝わりませんか」

しゅんとした様子で亘理さんの眉が下がった。

そんな残念な顔されても、今のたとえで即座に理解できる人類は絶対いない。

パン屋の紳士は優雅に脚を組み直した。

「では他の例を。Ｚの法則をご存じでしょうか。人がものを見るとき、視線が左上から右上、左下から右下へと『Ｚ』の形を描くように動くことから名付けられました。この視線の流れを意識することで、利用者が使いやすいインターフェイスが生まれ、雑誌や陳列棚のレイアウトなどに幅広く応用されています」

「あ、聞いたことあります。左上が一番売れるってやつですよね」

Ｚの形で最初に目が行くのが左上だから、そこに主力商品とか売りたいものを置くんだ。一番目立つ場所、商売の一等地だ。

おれがそう答えると、亘理さんの端整な顔に笑みが浮かんだ。

「そこの自販機を見てきてください」

「今？」

「今です」

有無を言わせない笑顔だ。わざわざ見るほどのことでもないのになあ。

怪訝に思いながら、人の流れを縫って通路の反対側に向かった。

通路の隅に置かれた白い自動販売機には、カラフルな社名のロゴがある。

このメーカーのコーヒー、うまいんだよなあ。缶コーヒーに力を入れてて、種類が豊富だ。コンビニもいいけど、その場で買って、サクッと飲める自販機は職業柄ありがたい。

ついでになんか買って戻るかな、と商品を眺めて「あれ」と声がもれた。首をひねりながらベンチに引き返すと、亘理さんが尋ねてきた。

「いかがでしたか」

「左上はペットボトルのお茶でした。すぐ隣は水。コーヒーが売りのメーカーだと思ってたんですけど」

一番売りたい商品はお茶だったのか。コーヒーのメーカーなのに？

腑に落ちずにいると、亘理さんがいった。

「コーヒーは下段の左側にありませんでしたか」

「そうです――って、亘理さん、知ってたんですか？」

「見なくても想像はつきます。下段は消費者の目線の高さにあたります。コンビニでも七十から百四十センチの高さに置いた商品がよく売れ、ゴールデンゾーンと呼ばれるそうです」

「そうなんですか」

知らなかった。でも考えてみたら、おれがコンビニで買い物するときは屈むことが多い。おれの身長だと低い棚ばかりだ。逆にZの法則で一番人気のはずの最上段から商品を取った記憶はあまりない。亘理さんのいうことは感覚で理解できた。

そうなると、疑問がある。

「Zの法則、どこにいったんですか」

そう聞かれるとわかっていたんだろう。亘理さんの説明はなめらかだった。

「Zの法則は誤りではありません。一方で、もてはやされるあまり検証もなく広く浸透しました。本来、購買という行動には、年齢、ライフスタイル、心的要因など、複数の要素が絡み合っているのですが、その検証よりもZの法則が優先された形です。この誤解を解いたきっかけの一つにアイ・トラッキングが挙げられます」

「アイ・トラッキングって、目元にカメラくっつけるやつですか？」

ぼんやりと聞いたことがある。

亘理さんがうなずいた。

「ええ。カメラや専用のメガネで眼球の動きを検出し、被験者がなにを見ているのか視線を追跡し、記録をデータ化するシステムです。これにより実際の購買者がどこを見、どう目を動かしているかが可視化されました。目線の高さは人によって違いますし、必ずしもZの動きをするわけではないことが証明されたのです。まさに工学的な発見ですね」

「へえー。おれ、ずっと左上に売れ線があるって思ってました。実際どうかなんて考えたことなかったです」

亘理さんの目がきらりと光った。

「Zの法則は絶対。商品が最も売れるのは一番左上だ。そのイメージを鵜呑《うの》みにして現実が見えていなかった。ハム氏の事件にも同じことが起きたのかもしれません」

「え？」

「問題ばかり起こすハム氏は罪を犯す。そんな思い込みはありませんか？　奇妙だと思いませんか。なぜハム氏は罪を認めたのでしょう。ふだんは嘘ばかりなのに、今回はとても正直です」

「防犯カメラの映像があるからじゃないですか？　騒いでもしょうがないって観念したのかも」

ウイスキーの瓶で殴る様子が防犯カメラにバッチリ映っているんだ。言い逃れできないなら、罪を認めたほうが心証はいい。

亘理さんは鷹揚にうなずいた。

「では三つほど話をお聞かせいただけますか？」

三つの質問！

おれは飛び上がりそうになった。

亘理さんがこの質問をするということは、ハムじいさんの事件にはなにかあるんだ。おれが見落としたなにかが。

ひょっとすると、ひょっとするぞ。

おれは亘理さんの隣に腰を下ろして、背筋をぴんと伸ばした。

「なんなりとどうぞ」

亘理さんはおかしそうに片方の眉を上げ、質問を始めた。

「では一つ目。傷害事件が起こる前からハム氏の行動には目に余るものがあった、とおっしゃいましたね。具体的にはどんなことでしょうか」

「迷惑行為をいろいろ。住宅街のインターホンを鳴らして歩いたり、道端にスナック菓子や猫のエサをまいたり。エサやりはコンビニの脇道がひどかったですね。前はそんなことする人じゃなかったんですけど」

「急に始めたのですか」

「そうですね、一ヶ月半くらい前から」

亘理さんはコーヒーで喉を潤した。

「コンビニというのは事件現場近くの？」

「はい。注意するとやめるんですけど、次の日またやるんです。カラスや猫が集まって、フンと騒音がひどくて。見かねたコンビニのオーナーが防犯カメラをつけたくらいですよ。じつはハムさんが殴る様子が映ってたの、この防犯カメラの映像なんです。自業自得っていうんですかね、こういうの」

迷惑行為を重ねて、その行為が原因で犯行の様子が撮れた。警察官をしているとたまにこういう話を聞くけど、身近で起こったのは初めてだ。

おれは因縁みたいなものを感じてしみじみしたけど、亘理さんの関心は別のことに移っていた。

「住宅街のインターホンを鳴らした件ですが、それは何時頃、どんなお宅をターゲットにしていたのですか」

「時間は日中ですね。ターゲットっていうほど明確なものはないと思います。目についた家のを鳴らしてたんじゃないですかね」

何度か聞き込みにいったけど、全世帯に確認したわけじゃない。そもそも日中は留守にしている家が多く、インターホンを鳴らされた家すべてを特定するのは難しかった。

そう前置きして、おれは言葉を継いだ。

「しいていえば、大きな家とか古い建物だと思います。あのあたりは昔から住んでる人が多いから」

亘理さんは丸めた人差し指をおとがいにあてた。

「相手を選んでいたわけではないのですね。なぜそんなことをしたのか、ハム氏に伺いましたか?」

「いたずらですよ」

ひどい話だ。最近のインターホンにはカメラがついているし、約束のない訪問者には居留守を使う人も増えた。それでもポケットにハムスターを入れた知らないじいさんが玄関に立っていたら気味が悪い。

実際、この件は住民からの苦情と通報で発覚した。

「小さい子がいる家庭や若い女性から『不審者がいる』って相談が相次いだんです。

駆けつけたら、ハムじいさんがいて。こんなことして住民のみなさんが困ってるってきつめに注意したら、やらなくなりました」

そのときのハムさんの顔を思い出すと、なんともいえない気持ちになる。落ち込んだような、傷ついたような表情だった。人に迷惑かけておいてどういう気持ちだよって腹が立ったけど……今思うと、ハムさん、寂しかったのかな。

病気が見つかって、自分は長くないってわかって。親しい友人も身寄りもない。誰にも相談できなくて、缶チューハイばっかり呷《あお》って。

本当は話し相手がほしかっただけじゃないか？　古い住宅街でインターホンを鳴らして歩いたのも、昔から暮らす人が多い場所なら、誰か相手をしてくれるかもって期待したんじゃないか。

おれ……もっとできることがあったんじゃないか？　おれが親身になっていたらなにか違ったのか。

考えに耽っていたら、隣から声が響いた。

「ありがとうございます。状況が整理できてきました」

亘理さんはおとがいに指をあてたまま尋ねた。

「次の質問をする前に確認したいのですが、コンビニ店員と被害者の若者は知り合いなんですね」

「はい、同じ中学の先輩後輩でした。コンビニ店員——正確にはアルバイトの大学生ですが、彼が後輩で、被害者が先輩です。二人は地方の小さな町出身で、町の人全員顔見知り状態だとか。会うのは卒業以来らしいです」

「再会してからは頻繁に会っていたんですか？」

数秒、返答につまった。

「そう、みたいですね。被害者がしょっちゅうコンビニを訪ねてましたから」

正確には被害者が大学生につきまとっていた、といえる。この話はハムじいさんの事件とは関係ないから、触れないほうがいいだろう。

亘理さんはちらりと俺の顔を見ただけで、それ以上は掘り下げなかった。

「では二つ目の質問です。ハム氏とコンビニバイトの大学生は知り合いですか？」

「へ？」

変なこと聞くなあ。飲んだくれのじいさんと、二十歳にもならない大学生。年齢も生活圏もまったく違うのに。

「違うと思います。お互い顔くらいは知ってたかもしれないけど。あのへんでタバコ売ってるの、コンビニしかないから」

そこまで答えてから、ふと記憶が繫がった。

「そういえば手袋もらった、っていってたな」

四月に雪が降ったときだ。春先の雪は水っぽくて重く、すぐびちゃびちゃになる。札幌の春はこういう天気があるから油断できない。

その日、ハムじいさんはうっかり軽装で出かけて、そんな天候に巻き込まれた。コンビニでタバコを買い、横殴りの雪の中、家路を急いでいたら、店員が追いかけてきて軍手をくれたという。店で売っている一番安いものだった。

「――寒いから使ってくださいって。店員は軍手を渡すと、返事も聞かないでコンビニに戻っていったそうです。『まだ学生なのに偉いやつだ』って、ハムじいさんが大事そうに軍手を見せてくれました。たぶんあれ、バイトの大学生のことだったんじゃないかな」

「コンビニで働いている学生は、その方一人だけなんですね」

おれはうなずいた。

でもあの大学生のことだと確信した理由は他にある。

「暴行事件の聞き込みをしていてわかったんですけど、あの大学生、すごく評判がいいんです。商品を探すのを手伝ったり、脚が悪い人の荷物を代わりに車まで運んだり。コンビニの店長も『大人しいけど気が利く優しい子だ』って話してました」

自然と人助けができる人なんだろう。そういう大学生なら、ハムさんに軍手をあげたのは特別な親切ではなかったはずだ。

おれの説明に亘理さんは深くうなずいた。

「だいぶ全体像が見えてきました。では、三つ目の質問です」

優れた洞察力を持つ亘理さんの瞳に強い光が宿る。

これが最後の質問だ。核心に迫った、重要なことを聞かれるぞ。どんな質問をされても即答できるように、気を引き締め直した。

そして亘理さんがずばり尋ねた。

「ハムスターは今どちらに？」

ずば……ずばり？

「ハムスター？」

なんでこのタイミングでハムスター。

頭に大量の疑問符が浮かぶおれを後目に、亘理さんは真顔でいった。

「ハム氏が飼われている齧歯類《げっしるい》です。じつをいうと私、動物も好きなんです。とても愛らしいですよね、ハムスター」

「はあ」

「小さくてふわふわ……ハムスターが丸まった姿はポン・デ・ケージョを彷彿とさせませんか。非常に芸術性が高いといえるでしょう。もっとも、私の不動の一位は柴犬なのですが。福丸さん、柴犬は素晴らしいですよ。食パンのように四角いかと思えば、前脚を揃えて伏せた姿はコッペパンのよう。寝そべる様子はクロワッサン、固く丸まればベーグルそのもの。なんといっても、あのこんがりした茶の毛並み……いとおしいですね」

ふふ、と紳士がはにかんだ。

大丈夫か、この人。なんでちょっと照れてるんだ。ていうかやっぱりパンの話じゃねえか。

胡乱な目を向けると、亘理さんは正気に戻った。

「失礼、脱線しました。ハム氏はハムスターをポケットに入れて散歩していたのですよね。事件当時もそうだったのですか？」

「そういう記録はないですけど……もしハムスターを連れてたら、ケンカにびっくりして逃げたんじゃないですか？」

「行方不明ですか？　本当に？　取調中、話題に出ませんでしたか？」

「おれの知るかぎりはないですね」

ハムさんは人を殴って逮捕された。ケガをして病院に担ぎ込まれた状態で、他のことを考える余裕はなかっただろう。

こういうところ、亘理さんは変わっているなと思う。感覚が少しズレているというか、浮き世離れしてるというか。まあ、大学教授なのに三つ揃いのスーツを着てパンを売っている時点で相当変わっているけど。

「答えが出たようですね」

だからそう言われたとき、すぐに意味を汲み取れなかった。

おれはちょっとびっくりして聞き返した。

「答えが出たって……ハムじいさんの事件、なにかわかったんですか？」

「ええ。ハム氏の暴行事件には、もう一つの解があることを示しましょう」

亘理さんの声はいつになく静かだった。

そして、その言葉は想像を絶するほど重かった。

「この事件は計画的です。おそらく事件の日、ハム氏は死ぬはずでした」

3

　ばらばらと通路を行く人々の靴音が雨みたいに降った。

　地下街の空調が急に寒く感じられて、アイスコーヒーのカップが氷の塊みたいに冷たくなった気がした。

「ちょ、ちょっと待ってください、なんで急にそんな物騒な話に……」

　おれが言葉にできたのはそれだけだ。だって物騒すぎるだろ。

　——事件の日、ハム氏は死ぬはずでした。

　聞いたばかりの言葉が頭の中でガンガンとこだまする。

「きちんと説明します。まずはこれを食べて、気を落ち着かせてください」

　動揺していると紙袋が差し出された。そう、紙袋に入ったパンが。

　こんがり焼けたロールパンみたいな形で、中心の切り込みからたっぷりのマヨネーズと刻んだパセリが覗いている。見紛うことなき、ちくわパン。

　おれは一瞬で冷静になった。

　うん、そうだな。わかってた、こういう人なんだ。だけど、あえていわせてもらおう。タイミングがおかしくないですか？

「遠慮はいりません、どうぞ」

甘い顔で紳士がパンを勧めてくる。

逆らうだけ時間のむだだ。こういう性格だってよく知っているくらい変わり者紳士と仲よくなってしまった自分が少しうらめしい。

「いただきます」

紙袋ごと受け取って、乱暴にちくわパンにかぶりついた。

さっさと食べて話の続きを聞く……つもりが、口に入れたとたん思考が止まった。

バターが香る柔らかなパンの食感に続いて、じゅわっとジューシーなツナマヨが溢れる。みじん切りのシャキシャキ玉ねぎとこっくり濃いマヨネーズがツナの旨味と溶け合っている。そこに現れるちくわ！　丸ごと一本の存在感を放ちつつ、口の中でツナと躍る。噛めば噛むほど広がるちくわの食感としょっぱさがパンの甘みを引き立てていて、とまらない、やめられない、ああっ、食べらさる〜〜！

「うまいなあ」

思わず笑顔になったら、横から冷たい視線を感じた。

「他店のパンは褒めるんですね」

「うまいパンが知りたいっていったの、そっちでしょ」

おれはパンを咥え、エコバッグから同じちくわパンを出した。明日の朝食にするつもりだったけど、しょうがないなあ。

ん、と紙袋ごと差し出すと、亘理さんはコーヒーカップをベンチに置いた。新品の白い手袋をはめて、袋から慎重にパンを引き出す。鑑定士みたいにしげしげと眺め、いろんな角度から覗き込み、弾力を確かめ、香りをチェックして――いいから早く食べたら、といおうとしたら、やっと口に運んだ。

亘理さんは遠くを見つめた。もぐもぐ口を動かしながら哲学者みたいに悩ましい表情を浮かべる。

やがて天を仰ぎ、片手で目許を覆った。

「素晴らしいバランスです」

ちくわパンでそこまで感動する？　まあ、気に入ったんならいいけどさ。

「これこそパンの真骨頂、奇跡と呼ぶにはあまりにもったいない。やはり工学とパンはよく似ています」

また不思議なことをいいはじめたぞ。

「よかったですねー」

おれの淡々とした対応をものともせず、パン屋の紳士は感動で声を震わせた。

「パンとちくわが合うはずがない。多くの日本人がそう思い込み、パンとちくわのイノベーションに気づかなかったのです。なんたる損失……どちらも古くからある食材だというのに、人類はこの味に到達できなかった」

「壮大っすね」

「北海道の人だけがこの可能性に気づいたのです。ただ合わせたのではありません。パンとちくわ、水と油のように思われた食材をツナマヨという魚の旨味たっぷりのソースで結びつけ、唯一無二の総菜パンを生み出しました」

「パンの話はいいんで、事件の話に戻ってください」

ズズッ、とわざとストローでドリンクをすすって話をぶった切った。

紳士は片方の眉をつりあげたけど、パンの話ができて心が満たされたらしい。やっと事件の話に戻ってくれた。

「事件の日、ハム氏は死ぬはずだった――最初におどかすようなことをいいましたが、あくまで仮説です。なぜその結論に至ったのか、順を追って説明します」

そう前置きして、謎解きは始まった。

「まず、ハム氏が若者を殴ったことは、揺るぎない事実です。防犯カメラの映像という動かぬ証拠がありますから、警察も問題なく本件を処理したことでしょう。一方で『ハム氏はいずれ罪を犯す』という思い込みが働いたと考えられます」

　亘理さんが最初に口にしていた疑問だ。

　おれは食べ終えたちくわパンの包装紙をエコバッグに押し込んだ。

「嘘つきのハムじいさんが素直に罪を認めるのは変だって話ですよね。さっきもいいましたけど、動かぬ証拠があるから嘘をついたってしょうがない、って考えたんじゃないですか？」

　紳士は品良く口許をハンカチで拭いた。

「問題を起こすたびにその場しのぎにもならない嘘をついていたハム氏がですか？　お話を伺ったかぎり、軽口くらい口にしそうなものですが」

「それは……たしかに」

　平気で嘘をつき、次の日には「ごめんなー」と缶チューハイ片手に現れるじいさんだ。殊勝に反省するなんて、ハムさんらしくない。

　じゃあ、なんで今回だけそうしなかったんだ？

　亘理さんは食べかけのちくわパンを大事そうに紙袋にしまった。

「視点を変えてみましょうか。福丸さん、この事件で最も得をしたのは誰だと思いますか？」

「えーと……誰、でしょうね？」

考えたけど、わからなかった。というか。

「得もなにもないですよね。被害者は大ケガ、ハムじいさんは逮捕されました」

「いいえ、一人だけ得をしました。コンビニアルバイトの大学生です」

ん？　なんでここで大学生が出てくるんだろう。

首を傾げたとき、亘理さんの口から驚くべき言葉が飛び出した。

「大学生は被害者からオレオレ詐欺に誘われていたのではないですか？」

おれはあんぐりと口を開けた。

「なっ……その話してないですよね！」

叫んでから、はっとした。

これじゃ『そのとおりです』っていったようなものだ。うかつだった。ハムじいさんに関係ないことは話さないように気をつけていたのに。

紳士が涼しい顔でこっちを見ている。

今さら撤回はできないか。おれは観念して事情を明かした。

「そうです。被害者は大学生にまとわりついて、儲け話を持ちかけてました」

被害者ががらの悪い男で、闇バイトの指示役をしていたのは先に話したとおりだ。楽に儲けられる。時間もかからない。奨学金が早く返せるぞ。そんな甘い言葉で大学生を誘っていたらしい。大学生はきな臭いものを感じて断っていたけど、頻繁にバイト先に来られて困っていた。

「でもどうしてわかったんです？　大学生が勧誘を受けていたって」

「友人であれば、相手の職場に何度も行かないでしょう。迷惑になりますから。そうしなかったのは大学生の家を知らないか、あえて相手が困る方法を選択していたのでしょう。無理な要求を通そうとしているのだと思いました」

おれは舌を巻いた。

あんなちょっとの話で、そこまで考えていたのか。

「『卒業以来会っていない中学の先輩』が親しい間柄とは思えません。大学生は迷惑に感じたはずです。しかしきっぱりと断らなかった。事情があったからですね」

断定した口調でいわれて、たじたじになった。

亘理さんの推理は当たっている。

「二人は小さな町の出身で、家族構成も筒抜けです。がらの悪い先輩と関わりたくないけど、無下にしたら家族になにをされるか……そう思って、大学生は強く出られなかったようです。それでハムさんの暴行事件が起きる前の日に『今度、封筒を預かってくれ』って頼まれたそうです」

おそらく、その封筒の中には騙し取った金が入っていたことだろう。

亘理さんは表情を変えずに話を聞いていた。被害者とコンビニ店員が先輩後輩だと知ったときから、ここまで読めていたんだろう。

「大学生が誘いを受けていたら、今頃、闇バイトの仲間として逮捕されていたでしょうね。しかしもうその心配はいりません。ハム氏の事件をきっかけに被害者の悪事が明るみに出たのですから。大学生は犯罪に巻き込まれる危機を脱した上に、やっかいな先輩からも解放されました」

そのいい方にぎょっとした。

まるで大学生がハムさんの事件に関係しているような口ぶりじゃないか。それに亘理さん、最初に『この事件は計画的なものだ』っていってなかったか。

「まさか大学生がハムじいさんをそそのかして、暴行させたっていうんですか？」

おそるおそる訊くと、紳士はかぶりを振った。

「そうではありません。大学生には好都合な状況になった、という話です。私はこれこそが今回の暴行事件を紐解く鍵だと考えています」

鍵。意味深な言葉だ。

おれは少し身を乗り出した。

「どういうことですか」

「ハム氏は大学生を守るために今回の事件を起こしたのではないでしょうか」

「え？　ハムじいさんと大学生は、顔見知りってだけで」

いいかけて、言葉をのみこんだ。

おれが知らないだけで仲がよかったのか？　じつは二人は繋がっている？　聞き込みや聴取でそういう話は出ていない。親しい間柄なら報告が上がってきたはずだ。

……だけど。

「どうしてそう考えたんですか？」

亘理さんが当てずっぽうで答えると思えなかった。この人はおれが見落としたなにかに気づいているんだ。

紳士は優雅にカップを傾けて、この仮説に至った経緯を語り始めた。

「『ハム氏は嘘つきである』。これは周知の事実ですね。このことから、まず事件の前提を見直しました。仮にハム氏が嘘をついているとします。供述は偽りで、被害者のことを知っており、別の理由からケンカになったとしたら。そう仮定すると、防犯カメラの映像にも疑問が生じます」

「映像がニセモノってことですか？」

おれは顔をしかめた。さすがにそれはない。

「映像にはハムさんの顔も、人を殴るところもはっきり映ってます。事件後すぐに警察がデータを預かったから、映像を加工する時間は誰にもないですよ」

「おっしゃるとおり、映像に手を加えることはできなかったでしょう。ですが、その前はいかがですか」

「前？」

いわんとすることがわからなかった。

亘理さんがいい方を変えた。

「通常の業務を思い浮かべてください。ひったくり、車上荒らし、強盗などの事件が発生した場合、周辺の聞き込みとあわせて、事件現場付近の防犯カメラの映像を収集しますね」

「そりゃあ……逃走経路を割り出すのにも映像チェックは欠かせないですね」

「では事件の瞬間を映した映像はどれくらいの割合で手に入りますか」

どきっ、と心臓が跳ねた。

亘理さんの質問の意図がやっとわかった。

「多くはないです」

車載カメラの普及で交通事故の記録は確認しやすくなったけど、町中での事件はまだまだだ。事件現場周辺をしらみつぶしに歩いて、事件が映っていそうなカメラの映像を片っ端から借りる。設置されたカメラの角度が少し違うだけで犯行は映らないし、映っていても画質が荒くて証拠にならないことも少なくない。

それだけじゃない。映像チェックは空振りも多い。何十、何百時間にも及ぶ録画をひたすら見続けて、何日もモニターの前に張りついて、ようやく証拠となる瞬間を見つけることができるのだ。ハムじいさんの事件は運がよかった。

……本当にそうなのか？

おれの心の声が聞こえたみたいに紳士はいった。

「たまたま防犯カメラがあり、偶然暴行の一部始終が映っていて、誰もが納得する証拠映像が運良く手に入った。私には少々できすぎのように感じます」

そもそも、と言葉が続く。

「カメラが設置されたのは、ハム氏のエサやりが原因です。なぜコンビニの脇道でそんなことをするのか、不思議でした。動物をかわいがりたいのなら自宅周辺や公園のほうが勝手がいいはずです。ハム氏はどうしてこの場所を選んだのでしょう？」

「それは……」

言葉が浮かばなかった。

亘理さんのいうとおりだ。エサやりがしたいなら、もっといい場所があるだろう。

ハムさんはなんであの場所にこだわった？　気に入った猫がいたとか、出かける途中の道だったから、とかかな。――それとも。

「コンビニの脇道じゃないと、だめだった？」

発想の反転だ。エサやりがしたいんじゃなくて、もし、あの場所になにか意味があるとしたらどうだ？

紳士は我が意を得たりといわんばかりにうなずいた。

「ハム氏はタバコを買いにコンビニを利用していたんですよね。大学生ががらの悪い男性に困らされていることを知っていたのではないでしょうか？」

「あ……っ」

被害者は先輩風を吹かせて何度もコンビニを訪れている。ハムさんは鼻に切り傷のあるがらの悪い男を見かけたことがあるかもしれない。そんなとき、軍手をくれたコンビニ店員が困らされていると知ったとしたら。

「見守ってたんですかね、大学生のこと」

ハムさんはお調子者だし、腕っぷしが強いわけでもない。それでも心配でコンビニのそばでエサをやりながら、様子を窺っていたのかもしれない。

「あの場所に理由があるとしたら、そんなところだと思います。防犯カメラが取りつけられたのは、ハム氏にとっても予想外だったかもしれませんね」

紳士はそう結んで、ゆったりとコーヒーに口をつけた。

「次にインターホンを鳴らして歩いた件を考えてみましょう。こちらもいたずらでないと仮定した場合、なぜそのような行動を取ったと思いますか」

おれは腕組みした。

いたずら目的じゃないないなら、考えられることが一つある。

「インターホンを鳴らした理由……それは、ハムじいさんが病気のことでへこんでて、話し相手を求めて、片っ端からいろんな家のベルを」

「なんの話です？」

亘理さんがきょとんとした顔になった。

あ、この仮説、ぜんぜん違うな。

「教えてください！」

人間、素直が一番だ。

呆れられるかと思ったけど、亘理さんは大らかだった。

「福丸さんが警察官であるからこそ、気づきにくい点かもしれませんね」

おれは目をしばたたいた。

警察官だと気づきにくい……どういう状況だろう？

「ハム氏がインターホンを鳴らし、若い女性や小さな子どもがいるご家庭から苦情が来たんでしたね。ハム氏はお世辞にも清潔とはいえない身なりのようですから、不審者と間違われるのも理解できます。ですが、この件で注目すべきは、あ、が、っ、て、こ、な、か、っ、た、声のほうではないでしょうか」

「あがってこなかった声？」

「昔から住んでいる方が多い地域なら、ご年配の方も多く暮らしていますね。ハム氏と対面した方もいたでしょう。そうした方からの苦情はありましたか？」

「いえ？」

「やはり。年輩の方はハム氏を不審者と見なさなかったのですね」

「どういうことです？」

「ハム氏との対面が有意義だったのでしょう」

「え……ええっ？」

インターホンが鳴って、玄関を開けたらホームレスみたいなじいさんがいる。それがある人には不審者で、ある人には有意義。どういう状態だ。

おれが考え込んでいると、亘理さんが助け船を出した。

「難しく考える必要はありません。ハム氏は用があってインターホンを押したのです。それから、こう尋ねます。『鼻に切り傷のある男を見ませんでしたか』、あるいは『オレオレ詐欺のことでなにかご存じありませんか』と」

「――――あ！」

雷に打たれたみたいな衝撃がおれの脳天を貫いた。

「高齢者には関心の高い質問です。同世代の男性が困った様子で訪ねてきたら、ひとまず話を聞こうと考える人もいたでしょう。一方で、小さなお子さんがいる家庭や女性の一人暮らしであれば、門前払いするのも無理からぬことでしょう」

おれは声をのんだ。

『玄関に不審者がいる』、『インターホンをいたずらで鳴らす不気味な男がいるからなんとかして』――通報や苦情はそういう内容だった。通報者の誰一人としてハムさんと直接話した人はいなかった。

「警察は問題が起きたときに一番に頼る機関です。裏を返せば、問題だと思っていない方から連絡が入ることはありません」

「だからさっき、警察官だと気づきにくいっていったんですね」

ハムさんがインターホンを鳴らしているところに駆けつけたのは、おれだ。通報を受けた時点で不審者がいると信じて疑わなかった。実際、ハムじいさんがしたことは迷惑行為と呼ばれるものだ。だけど、一方的だったとしても、ハムさんなりの理由があったとしたら。

ハムじいさんの傷ついたような表情が脳裏をよぎった。

おれが叱ったとき、悲しそうな顔をしていた。あれはいたずらのつもりじゃなかったからか。いろんな人に迷惑をかけていると注意されて、ショックを受けたからだったのか？

おれは半ば呆然としながら亘理さんを見た。

「いつから考えてたんですか、ハムじいさんの行動には別の意味があるかもしれないって」

「問題行動が始まった時期を伺ったあたりですね。エサやりやインターホンを鳴らしていたのは一月半ほど前。ハム氏が大学生から軍手をもらったのは四月。雪の日で、こちらもほぼ一ヶ月半前の出来事です。無関係かもしれませんが、検証してみる価値はあると思いました」

おれは嘆息した。

亘理さんにいわれるまで、意識していなかった。情報は持っていたのにその意味や関係が読み解けてなかったんだ。

「さて、インターホンの件とエサやりの件から、ハム氏はがらの悪い男の情報を収集し、大学生から遠ざけようとしていたと考えられます。しかしうまくいかなかった。もし有益な情報を手にできていれば、警察に伝えて片がつきますからね。そうこうするうちに、大学生はがらの悪い男から『封筒を預かる』という仕事を頼まれてしまいます。もう時間がありません。大学生を守るにはどうしたらいいか？」

そのときのハムさんの心境を想像して、胸が痛くなった。

地元の先輩と後輩だ。一度止めることはできても、縁が切れないかぎり、がらの悪い男は何度でも話を持ちかけるだろう。

ハムさんなりにどうにかしようと動いてみたものの、成果はあがらず、いよいよ切羽詰まった状況になってしまう。ハムさんにできることはあまりに少なかった。

亘理さんが声を潜めた。

「今回の暴行事件がハム氏の答えなのだと思います。おそらく当初の計画ではハム氏が若者に暴行され、被害者になる予定だった」

「加害者じゃなくて、被害者？」

「ええ。数週間の入院か、あるいは命を落とす覚悟をしていたかもしれません」

言葉が重たくあたりに染み渡る。

息をするのもはばかられるようで、身動きができなかった。アイスコーヒーのカップについた水滴が指を伝い落ちるのを感じる。

亘理さんは静かに話を続けた。

「考えてみてください。若者がオレオレ詐欺の証拠を常に持ち歩いているとはかぎりませんよね。そんな人物に襲いかかって、なんになるというのでしょう」

「……たしかに」

被害者が闇バイトの指示役だと判明したのは事件後。複数の名刺を所持していたからだ。

あの日、男が名刺を所持しているかなんて、ハムじいさんに知りようがない。だいいち、別の事件で名刺が使われていたから発覚したのであって、そうでなければ若者はただの被害者として決着しただろう。

おれは防犯カメラが映した事件の映像を思い出して、苦い気持ちになった。

「最初、ハムじいさんは一方的にやられてました」

被害者とケンカになったとき、ハムさんはほとんど無抵抗だった。押し倒されて地面に転がり。殴られ。蹴られ。もし、あのまま暴行が続いていたら……。

ぞっとして背筋が寒くなった。

「だから、あんなにしっかりした映像が撮れたんですね。ハムじいさんは証拠として残るように、あの場所を選んだ」

交差点に面した通りは人目がある。騒ぎになればすぐに誰かが仲裁に入るかもしれない。必要なのは、相手が刑務所に入るくらいの大きな被害。

「しかし予想外のことが起きます。大学生がやってきてしまったのです」

亘理さんの声はどこか遠くから響いているみたいだった。

「焦ったのはハム氏のほうでしょう。これではただのケンカで終わってしまいます。大学生が仲裁に入ったら、計画は台無しです。もっと悪ければ、ハム氏をかばったせいで大学生は余計につけこまれるかもしれません」

防犯カメラの映像では、被害者は暴行を中断して大学生のほうを振り返った。ハムじいさんがふらふらと立ち上がり、持っていたウイスキーの瓶で背後から被害者の後頭部を殴打した。

「被害者を遠ざけようとしての、とっさの判断だったのでしょう。結果的に加害者と被害者の立場が逆転してしまった」

若者を殴った瞬間の、青ざめたハムじいさんの顔が目に浮かぶようだった。

問題ばかり起こす困った人だけど、誰かにケガをさせるような人ではなかった。

そのハムさんが、人を殴った。

わからなかった理由が、少しだけわかった気がした。

おれは亘理さんを見た。

「ハムじいさんが死ぬ気だったと考えたのは、どうしてですか」

「ハムスターです」

「え？」

ベンチに優雅に腰掛けた紳士は困ったように苦笑いした。

「私も犬を飼っているので気持ちがわかります。ハム氏は脚の悪いハムスターをわざわざ引き取るような方です。動物の見た目の可愛さではなく、命を預かる責任を持った方だ。自分がいなくなったら、必ずペットの行く末を案じますよ」

おれは目をみはった。

動物と暮らす人はこんなふうに考えるのか。ばあちゃんちがパン屋で動物厳禁だったから、おれはペットや生き物と距離がある。だけど亘理さんの優しい表情を見れば、この人も同じように行動するんだろうなと想像できた。

「ハム氏が事件時にハムスターを連れていたなら、必ず現場で保護されます。脚が悪いので遠くへ行けませんし、ハム氏が保護するようにいったでしょう。自宅に置いていたなら世話をしてほしいと申し出たはずです。しかし彼は一度もハムスターの話をしなかった。ハム氏はハムスターが安全な場所にいると知っていたのです」

「安全な場所？」

「ハム氏と交流のある人物をあたってください。必ず預かっている人がいます。そして裏を返せば、暴行事件が起きる前からハム氏は知っていたことになります。自分が長期間家に帰れなくなることを」

「あ……！」

だからハムスターが鍵なのか。

三つの質問のとき、なんでハムスターのことなんかって思った。まさか、こんなに重要な意味があったなんて。

「完璧すぎる防犯カメラの映像。嘘つきのハム氏が素直に犯行を認めたこと。そしてハムスターがいなかったこと。これが本件が計画的な犯行であると判断するに至った理由です」

おれは、めまいみたいな感覚を味わっていた。

一つひとつは取るにたらない小さな出来事だ。でも、その小さな点と点が繋がったとき、見えなかった線が浮かび上がる。驚くばかりで言葉にならなかった。

だけど、わからない。どうしても納得できないことがある。

ハムじいさんの動機だ。

「軍手もらっただけですよね。ハムじいさんと大学生の関係って」

二人に親交はなく、接点らしい接点はそれしかない。おれが知らないだけかと思ったけど、そんな重要な点が捜査で見過ごされるとは考えられなかった。

「家族でもなんでもない、ただの客と店員です。そんな相手のために死ぬかもしれないリスクを負うなんて、おかしいと思います」

おれが言葉を重ねると、亘理さんは形のいい眉を少し動かした。

「福丸さんがおっしゃったではないですか、ハム氏は生き方を見つめ直そうとされていたのでしょう？」

——生き方を考えないといかんなあ。

以前、ハムさんはそうぼやいていた。ひどく酔っ払って、重病が見つかって手術しないと死ぬ、と話したときだ。

「年を重ねると、ふとした瞬間に人生を振り返るものです」

感慨のこもった声に、思わず亘理さんを見た。

「亘理さんも？　そんな歳に見えませんけど」

紳士は口許に笑みを浮かべて、雑踏に目を向けた。

「これでも福丸さんの倍ほど生きていますから、思うことは様々ありますよ。ましてハム氏は病気が見つかり、死を身近に感じていた。近親者はなく、その日暮らしをしていたなら寂しさもあったのではないでしょうか」

亘理さんは穏やかな眼差しをしていた。その眼差しにつられて視線の先に目をやると、変わらず流れる賑やかな人通りがある。

声を弾ませておしゃべりする高校生のグループ。仕事終わりの会社員。楽しそうに歩く親子連れ。手を繋いでゆっくりと歩く老夫婦。地下街をいろんな人の人生が通り過ぎていく。

ハムじいさんはどんな人生を送ってきたんだろう。

悲しいことや嬉しいこと。迷いと選択。出逢いと別れ。きっと数え切れないほどたくさんの経験をしたはずだ。その末に、ハムさんは天涯孤独となった。なにかあっても駆けつけてくれる人はいない。最期を迎えるときは、ひっそりとした寂しいものになるだろう。

「病の発覚で気落ちしていたところに、なんの損得もなく手を差し伸べてくれる大学生に出会ったら、眩しく感じるのではないでしょうか。若い人の優しさに報いたいと考えたのかもしれません」

「それで自分の命をかけた大芝居ですか」

「お見舞いに来てくれることくらい期待したかもしれませんね。事件現場はコンビニの脇道で、トラブルの相手は大学生の関係者ですから。大学生は少しばかり責任を感じるかもしれません。あるいは、ハム氏は博打《ばくち》のように考えた可能性もあります。未来のある大学生を救えたら一発逆転、その日暮らしが誇らしいものに変わる。そんなふうに自身の価値を見いだそうとしたのかもしれません」

言葉をくぎり、亘理さんは肩をすくめた。

「答えはハム氏に伺ってみなければわかりません」

「でも、やっぱり、そこまでするとは思えません」

納得できなくて首をひねると、亘理さんはほほえんだ。

「好かれたい、誰かに覚えていてもらいたい。そう思う気持ちは存外、切実なものです。余生の使い方としては悪くないと思いますよ」

「好かれたいってだけで？　そんなわけ――」

いいかけて、言葉が喉に張りついて出てこなくなった。

好かれたいからってそんなことしない。本当に？

――ただ自分はさっきの女性みたいに応援してくれる方がいるから、いっそうがんばれるんです。

井野さんにぶつけた言葉が脳裏に蘇り、頰を叩かれたような衝撃を受けた。

警察官の仕事は大変だけど、褒めてくれる人がいる。いいことができると嬉しい。

それが仕事のモチベーション？

かあっ、と全身が熱くなった。

やる気を見せて、立派なことをしている気になっていた。でもそうじゃない。町のためでも住民のためでもない、自分のためだ。

好かれたい。褒められたい。

おれの気持ちの根っこには、そういう感情がある。だから感謝されると気持ちが緩んで、トンデモ通報や態度の悪い違反者にでくわすと腹が立つ。

理解したとたん、どっ、と心臓が大きく打った。頭に上っていた血が一気に引いて、指先が冷たくなっていく。

「そういう感情なら、わかります」

情けなさで声が震えた。

ああ……だから井野さん、怒ったんだ。そんな気持ちで仕事をするな。わからないなら警官辞めろって。いわれて当然じゃないか。

ハムじいさんがなにを思っていたかはわからない。だけど『好かれたい』とか『認められたい』って気持ちは、強い動機になる。

そのことが嫌というほど身に染みて、顔が上げられなくなった。

惨めだった。自分の嫌な面に気づいて動揺する。でも急に黙り込んだら亘理さんに気を遣わせるだろう。

おれはなにごともなかったように微笑を顔に貼りつけた。

「すごいな。亘理さん、どんな謎も解いちゃうんだから」

「いえ、謎は解きません」

亘理さんは柔らかい口調で、しかしきっぱりといった。

「私は今ある情報から蓋然性があることを示したにすぎません。それが事実かどうかはイコールでは結べないのです。検証し、実証するかは福丸さんしだいです」

理知的な目がまっすぐにおれを映した。

「インターホンを鳴らされたお宅に聞き込みをするか、ハムスターを預かる人物に辿り着けば、はっきりするでしょう。しかし、わかったところで、ハム氏の暴行事件でなにか変わるわけではありません。それでも調べますか」

すでに解決した事件だ。証拠映像と自供があり、書類に新たに書き加えることはなにもない。仕事が増えるだけで、徒労に終わるかもしれない。

念を押すような亘理さんの眼差しのおかげで、心が定まった。

おれはハムさんの想いが知りたい。

「見届けます。見届けたいです」

プラスチックカップを持つ手に力がこもった。

きっと自分の弱さを知ることにもなる。だけどここで目を逸らしたらもっと後悔する。怖いけど、調べて、向き合ってみよう。

自分の気持ちを認めると、少しだけ気が楽になった。

おれは隣に座る紳士をちらりと窺った。

ハムじいさんの件はずっと引っかかっていたけど、亘理さんにかかれば一瞬で解決だ。どうしたらこんな視点が持てるんだろう。コツが摑めたら、おれにもできるようになるのかな。

「この事件が計画的だって、亘理さんはどの時点で気づいたんですか。やっぱりハムさんが嘘つきだっていうのがポイントに？」

思考の流れが知りたくて尋ねると、亘理さんはあっさりと答えた。

「ウイスキーボトルです」

「それは……事件の凶器の？」

どうしてここで凶器が話題になるんだろう。

「夏でも冬でも缶チューハイを飲む方が事件の日だけはウイスキーを飲んでいた。アルコール度数はチューハイの何倍も高いです。強いアルコールが必要なことをしようとしていたのでしょう。軽く酔う程度ではできない、なにかおそろしいことを」

「そんなところから疑いを持ったんですか！」

びっくりして声がうわずった。

缶チューハイの話は事件と直接関係がないのに……目の付けどころが違いすぎる。こんなの、真似しようたって、とてもできないぞ。

「『問題ばかり起こすハム氏は罪を犯す』という先入観、『無関係に思える加害者と大学生の関係』――まさしく、ちくわパンと呼ぶにふさわしい事件です。パンとちくわは合わない。こんなにも熱い視線を向けられながら、真実は思い込みにまんまとくるまれ、調理されてしまいました」

ここでパンの話をしなきゃ、最高にかっこいいのに。

残念な目で眺めていたら、亘理さんがほほえんだ。

「すべて見届けたら、教えてください」

「――はい」

思い込みに溺れないように。

ちくわパンのことはさておいて、そのことだけは胸に刻んだ。

第４話
どっしりにっこり
あんパン

1

背中でランドセルに入れた教科書やペンケースががちゃがちゃと跳ねる。小学生のおれが息せき切って玄関を開けると、パンの匂いに抱きとめられた。

乱暴に目元をぬぐって、薄暗い部屋の隅にうずくまった。悲しくて、悔しくて、ムカムカして。ごちゃまぜの感情が胸で暴れて、ぐうっと喉の奥が熱くなる。

そのうち、ばあちゃんがやってきて、おれの目の前にしゃがんだ。

「なした、あさひ」

穏やかに話しかけるその手には、いつも焼き立てのパンがあった。

今日はあんパンだ。ばあちゃんのパンは全部好きだけど、これは大当たり。つやつやした生地の中に、どっしり甘いこしあんがぎゅうぎゅうに詰まっている。かぶりつくと、あんこの甘みが口いっぱいに広がって、しっとりしたパンの小麦の香りにくるまれる。それから、ちょっとしょっぱい涙の味も。

ばあちゃんのパンは、食べるとお腹がぽかぽかする。こんがらがった気持ちがほぐれて、こわばった体が緩んでいくんだ。怒りや悲しみが居座ることはあっても、芋虫みたいに縮んで、もう暴れない。大丈夫。またがんばろう。そうやって前を向く力をくれるんだ――

今朝、そんな懐かしい夢を見た。

辛いことがあると、よくばあちゃんちに逃げ込んだっけ。子どもの頃のことなんてほとんど思い出さないのに、ばあちゃんが夢に出てきたのは……弱気になっているせいかな。

警察官は一番身近なヒーロー。町と市民を守る、高潔な仕事だ。その姿に憧れて、ついにその一員になった。町の人が安心して暮らせるように。人のために働こう。そんな志を持ってこの仕事に就いた。そう、思っていた。

好かれたい。感謝されたい。いいことをしているって褒められたい。

それがおれの本音だ。ハムじいさんの事件を亘理さんに相談したとき、そういう自分に気づかされた。びっくりしたというか、ショックというか。そんな気持ちで警察官になったのかって自分に呆れたよ。

仕事がきつくて辞めたいと思うことはある。でも交番の仕事が好きだ。毎日大変だけど楽しい。その気持ちも本当だけど……時々、胸が苦しい。

「向いてないのかな、警察官」

ぽつりと声がこぼれ、おれはかぶりを振った。

こんなことを考えていたら落ち込む一方だ。せっかくお気に入りの緑の大柄フラミンゴシャツにお揃いカラーの蛍光グリーンの靴下を穿いて気分をあげて来たのに、わざわざへこむようなことを考えてどうする。それに今はやることがある。

気を取り直して、スマホの地図を確認した。

「このへんのはずなんだけど……もう少し西か」

なにを探しているかって？　〈ベーカリー　エウレカ〉だ。

ハムじいさんの事件のモヤモヤを解いてくれたお礼をしようと思って、亘理さんに出店場所と日時を聞いておいたんだ。手土産はパンが喜ばれそうだけど、無類のパン好きにそんなものを贈ったら絶対に面倒なことになる。紅茶を買って、ラッピングしてもらった。英国紳士といえば、やっぱり紅茶だ。

地図から顔を上げると、ビル街とは思えない開けた緑が目に飛び込んできた。

大通公園はいつ来ても手入れが行き届いている。ビルの群れを押し返すみたいに大きな樹木が並び、青々とした芝生が広がる。花壇には色とりどりの花が咲き、高く噴き上がった噴水の水がきらきらと舞った。

今日はなにかイベントがあるようで、バラ園にテントが並んでいる。その賑わいから少し外れたところに空色のバンはあった。

「亘理さーん」

車両のそばに立つ三つ揃いのスーツを着た紳士を見つけて、大きく手を振った。

亘理さんが振り返る。と、その隣に小さな少年がいるのが見えた。小学校低学年くらいか。珍しい取り合わせだ。

おれが近くに行くと、亘理さんは表情をやわらげた。

「こんにちは、福丸さん」

「こんにちは。これから店開けるんですか？」

「ええ。準備はあらかた終わっています。それにしても、ちょうどよいところに来てくれました」

亘理さんは少年に顔を向けた。

「こちらは福丸あさひさん。北海道警察の巡査で、交番で働いています。そして、こちらは――」

「むすこのハルト！　ハルトでいいよ」

亘理さんの紹介を遮って、少年が元気よく名乗った。

ぱっちり二重のわんぱくそうな顔で、頭髪は少し長め。六、七歳。カーキ色のハーフパンツにオーバーサイズの長袖シャツ、濃紺のスニーカー。同じく紺色のバックパックにはキャラものの缶バッジがついている。

「よろしくな、ハルト」

おれはあいさつして、視線を亘理さんに戻した。

「息子さん元気いっぱいでいいですね——って、ど、どうしたんです？」

亘理さんが驚愕の表情を浮かべていた。

「い、いえ……なんでも、ありません」

どう見てもなにかあった様子で、完全に目が泳いでいる。

亘理さんが動揺した原因を探してあたりを見回したけど、不審な人物や異変が起きた様子はない。でも亘理さんがこんなに取り乱すなんて、絶対になにかあったはずだ。他に変わったこと、直前に話していたことといえば。

「息子さんとなにかありました？」

声を潜めて尋ねると、亘理さんはポーカーフェイスを保った。保ったというより読み込みに失敗した動画みたいにフリーズしている。図星だったらしい。

やがて亘理さんはハルトを見、観念した様子で呟いた。

「息子……そう考えても矛盾しないですね」

「それはつまり……息子かどうか、矛盾しない？」

「そうです」

「あー、そうなんですね」

はは、と爽やかに受け止めたけど、一ミリもわからなかった。

矛盾しないって、なに。どういう答えだ。

息子ってはっきりいわないということは、デリケートな話なんだろう。目の前に子どもがいたらできない話。あれか、隠し子的なやつか。

行き着いた答えに、さあっと血の気が引いた。

「ちょ、ちょちょちょちょちょちょっと待ってくださいね」

おれは額に手をやって頭をフル回転させた。

飛躍はよくないぞ、あさひ。状況を整理するんだ。亘理さんに隠し子？　結婚してたのか、人類よりパンを愛する変わり者なのに？　そうか奥さんはパンか。パンがありうるならなんだってありうるぞ。結婚して子ども、離婚して子ども、結婚して離婚して再婚して子ども、今カノの子とか今妻の子とか前妻の子的なあれとかこれとかやっぱり隠し子!?

考えすぎて頭から煙が上がるんじゃないかと思ったとき、視界に紙袋が現れた。

「こちらをどうぞ」

紙袋からのぞくパンはつやつやしたきつね色で、ふっくらと丸い。小麦のいい香りが鼻腔をくすぐった。パンク寸前の脳みそにはぴったりなおやつだ。

袋を大きく開けると、パンの表面に黒ごまがまぶしてあった。

「おっ、あんパンですね。いただきます」

がぶっ、と大きく一口。ふんわりした生地の中からつぶつぶのあんが弾けて、一瞬で口の中が幸せになった。

ああ、あんパンってすごいな。和の食材なのに、ちゃんとパンとマッチしている。しっとりと上品な甘さで素材の味が感じられる。素朴だけど天然酵母のパンに負けていない。目を閉じるとパンとあんのハーモニーがいっそう引き立つみたいだ。

ふう、と吐息をもらして、おれは亘理さんを見た。

「ふつうですね」

「ふつうですか」

定番化したやりとりだけど、亘理さんは悔しそうだ。

おれだって意地悪でいってるんじゃない。

「亘理さんのパンって上品なんですよ。さらっとしてるっていうか、パンチがないというか。もう少しコクとか、どっしりした甘さがほしいです」

「なるほど。北海道のスイーツは甘みも塩気も強めですからね」

「それ、内地の人によくいわれますけど、本当ですかね？」

そんなに違わないと思う。おれにとっては馴染んだ味だから、ピンと来ないのだろうか。

「昔に比べれば甘みをおさえたものが主流になりましたが、しっかり甘いですよ。幅広い年齢層のニーズを満たすには、やはりあんこが決め手になるんでしょうね」

「それはまあ、間違いないです」

生地も大事だけど、やっぱりあんこだ。こしあんか、粒あんか。あんパンに一家言を持っている人は結構いるんじゃないかな。

ちなみに、おれはこしあん派。こっくり甘いあずきの、なめらかな舌触りがたまらない。口の中でゆっくりと溶けていく感じも好きだ。しっとりした生地との相性は抜群で、想像しただけでよだれが出てくる。

「じつに参考になりました。ではハルトと遊んでいてください」

はいはい――とうなずきかけて、我に返った。

「なにいってるんですか。『では』ってぜんぜん話が繫がってないし！」

「パンを召し上がったではないですか」

「……これ、ワイロ的なアレだったんですか」

「はい。ワイロ的なアレです」

おれは食べかけのあんパンを見て、がっくりとうなだれた。

習慣とはおそろしい。隠し子かもってどぎまぎしていたせいで、ほとんど無意識に受け取ってしまった。店番くらい手伝うつもりで来たけど、子守りなんて考えもしなかった。そもそもだ。

「せっかく親子でいるんだから、亘理さんが遊んであげれば？」

「なにを話したらいいものか……」

「自分の子でしょ」

亘理さんは目を逸らした。

今の仕草、後ろめたいことがある人がやる動きだ。

ちょっと腹が立った。亘理さん、父親なのになにやってるんだよ。

「ハルトだって、お父さんのほうがいいよな」

水を向けると、ハルトは携帯ゲーム機で遊んでいた。話しかけられたことに気づいているのか気づいていないのか、とにかく返事はなかった。

あれ……もしかして面倒なことに巻き込まれてないか。

今さらながら、おれは気づいたのだった。

2

大通公園は札幌中心街を東西一・五キロにわたって延びる細長い公園だ。

さっぽろテレビ塔があるところとか、ＹＯＳＡＫＯＩソーラン祭りとか、巨大雪像が並ぶ会場といったほうが有名かもしれない。

じつはここ、もとは防火帯だ。札幌の町ができはじめた明治時代、火事が起きたときに延焼を防ぐために作られた。だから大通公園は道路みたいに細長い。そのうち花壇や散歩道が整備されて、だんだん多目的スペースになっていったらしい。

おかげで今もここは市民の憩いの場だ。犬の散歩をする人、ランニングする人、昼時には会社員がランチを食べたり、昼寝をしたり。噴水のある区画は中高生と若者に人気で、夕方の遅い時間まで賑やかなおしゃべりが聞こえる。

雪像やＹＯＳＡＫＯＩソーラン祭りが有名だけど､イベントはそれだけじゃない。

夏は日本最大級、九千席がひしめくさっぽろ大通ビアガーデンが出現して、秋には道内のうまいものが集結するオータムフェスト。ライラックまつり、花フェスタ、北海盆踊り、ミュンヘン・クリスマス市——と、一年中、楽しい行事がいっぱいだ。

とはいえ、いつも大きなイベントをやっているわけじゃない。人気の観光スポットではあるけど、地元民にとっては、ぼーっとしたり、友だちとおしゃべりしたりする、ちょっといい広場ってかんじだ。

なにがいいたいかというと、パン好きの大学教授親子とベンチに並んで座っていても、やることがないってことだ。

「ヒマですね。なんかこう、遊びません？」

間が持たなくて話を振ると、ベンチの端に座った亘理さんがうなずいた。

「では歓談しましょうか」

「斬新な遊びですね」

まあ、それでもいいけど。こっちは聞きたいことがたくさんある。

「亘理さんって結婚してたんですね」

「それはそうと福丸さん、ご趣味は？」

「話題変えるのヘタすぎません⁉」

びっくりして、つっこみを入れてしまった。

亘理さんは三つ揃いのスーツの襟をいじりながら、遠くを見つめた。

「触れないほうがいい話もあるのです。こういう場面では慎重に、お互いの趣味などの話題から入って親睦を深めていくのがよいでしょう」

お見合いかな？

「趣味って、おれの趣味がパン屋巡りだって知ってますよね」

「他のご趣味はありませんか？　たとえば私は読書です。最近読んで面白かったのは『海辺のカフカ』、『かいじゅうたちのいるところ』ですね」

亘理さんがぱちっと片目をつむってみせた。

たぶん見間違いだ。目にゴミが入ったんだろう。

「おれは読まないですね。ハルトは？」

ベンチの真ん中、おれと亘理さんの間に座ったハルトは、ゲームに夢中だ。当然のように返事はない。

亘理さんは会話を続けた。

「では映画鑑賞はいかがでしょう。劇場に足を運ぶのもいいですが、名作が配信で手軽に観られます。たとえば『スタンド・バイ・ミー』。一九八〇年代のアメリカ映画ですが、古さを感じさせず、少年時代の瑞々しさに溢れています」

「うーん、海外の映画って観ないですね」

「ならば『ドラえもん』はいかがですか。国内のアニメで、どの世代にも親しみがあります。工学を学ぶ学生にもファンが多いのですよ。私のお薦めは『のび太の日本誕生』ですよ」

そういって、亘理さんがまたしてもぱちっとウィンクした。

どうしちゃったんだ……悪いものでも食べた？

なんだか不安になってきた。反応に困るから見なかったことにしよう。

「家でのお父さんはどんなかんじ？」

隣に話題を振ると、ハルトは携帯ゲーム機のボタンを連打しながら答えた。

「わかんない。家にいないから」

おれはじろりと三つ揃いスーツの紳士を見た。

「そうだよなー、大学で忙しいのにパン焼いてるんだからな。働きすぎだし、家族との時間をもっと取ったほうがいいよなー」

「誤解です……」

亘理さんの弱々しい反論に「へー」と冷ややかにいって、ハルトに尋ねる。

「他に家族は誰がいる？」

「お母さんと弟。でも、今いない」

「出かけてるんだ」

「うん、四ヶ月前から」

場の空気が凍りついた。

ピコピコ、とゲーム機から流れる陽気なメロディが沈黙を埋める。

「ええと……じゃあ、ハルトは一人で家にいることが多いんだな」

「うん」

「退屈だよな、そういうときはどうしてるんだ？」

じいちゃんかばあちゃんが来たり、友だちと遊びに出たりしているのかな。

そんなふうに会話を広げようとしたけど、ハルトの返事は想定を超えていた。

「隠れてる」

「え」

「オバケがいるから」

オバケ？　少しの間考えて、合点がいった。

「ああ、そういう遊びしてるんだ」

「ちがうよ。本物のオバケ」

そっか、と軽く受け流すと、ハルトがむっとした様子でゲーム機から顔を上げた。

「本当だって！　うちにはオバケがひそんでるんだ。ぼそぼそ話してて、オレんちをみはってる」

「そうなのか」

「危険なオバケなんだ。工事でじこがあって、あれもオバケのせいだ。あいつら、町をのっとるつもりだ」

話が壮大になったなあ、と妙に感心してしまった。

子どもの想像力ってすごいよな。かくいうおれも、小さい頃はテレビ番組のヒーローになったり、見えない悪者と死闘をくりひろげたりしたものだ。

ふと当時の寂しさが蘇って、胸がしくりと痛んだ。

ああいう遊びをするのは、親の帰りが遅いときや友だちと遊べないときだった。

空想は楽しかった。世界一強い男になれたし、何度も世界を救った。わくわくして、夢中になって。でも夕方になると急に気がつくんだ。自分は独りだって。

「亘理さん。あとで話があります」

真顔で呼びかけると、感じるものがあったらしい。亘理さんは神妙な顔でうなずいた。それから、いいづらそうに口を開いた。

「そろそろ店を開けなくては。申し訳ないのですが、一時間ほどハルトを見ていただけますか。応援を呼びますので。そのあと交代します」

子どもの前で言い訳をしないのは、亘理さんなりの誠意なんだろう。

了解したものの、おれはどっと気疲れしてベンチの背に倒れ込んだ。


木陰のベンチは初夏の匂いがした。枝葉の間から光が揺れて、遠くの賑わいを風が運ぶ。都心の真ん中にある大通公園は町の喧騒でうるさいはずが、緑に囲まれていると、不思議と気にならなかった。

ちかちかと揺れる木漏れ日を眺めて、ほうっと息をつく。

こういう時間、久しぶりだ。

毎日慌ただしくて、寝る時間は不規則。休みの日はベーカリー巡りをして、ベッドに寝転がって動画やＳＮＳを流し見して。気がつけば一日が終わる。最近はそんな生活を送っていた。お日さまを浴びて、ぼーっとするって、こんなにいいものだったんだな。

隣に座ったハルトは、かぶりつくようにしてゲームに熱中している。ゲームの賑やかなBGMがすっかり耳に馴染んでしまった。

ぼんやりと園内を眺めていると、ジョギングする人に目がいった。一人だけやたらとスピードがある。二十代、小柄な男性。ランニングウェアで腕にコンビニの袋を引っかけている。体幹がしっかりしていて、走るフォームがきれいだ。なにかの競技選手だろうか。

目で追っていると、その人と視線がぶつかった。

あれ、井野巡査長？

こちらに駆けてくるその人は、間違いなくおれの指導員だった。井野さんも気づいたようで、少し表情が曇った。休みの日に職場の人間と出くわすのが嬉しくないのはお互いさまらしい。

ペースを落とさずに先輩がこちらへ向かってくる。

おれが声をかけようとすると、井野先輩はそのまま走り去った。

えっ、無視された。

「ハ、ハルト、ちょっと待ってて」

いいおいて、ダッシュで追いかけた。足音に気づいた井野さんが振り返った。

「お疲れさまです」

おれが足を止めて敬礼すると、巡査長は額の汗を拭いながらいった。

「休みまでかしこまらなくていい。連れがいるだろ、あまり離れるな」

視線でハルトのいるベンチを示して、来た道を少し戻る。

「それで、なにか用か」

「いや、なんか反射的に追いかけちゃって。あいさつしとこうかなあって」

「気を遣わせたな」

巡査長が苦笑いするのを見て、気がついた。もしかして井野先輩、無視したんじゃなくて、おれがハルトといるのを見てあえて通りすぎたのか。

口数が少なくて、なにを考えているかわからないことが多いけど、井野さんはまわりのことをよく見ている。頼れる先輩だ。

改めてそう感じたとき、自然と口から言葉が出ていた。

「この前はすみませんでした」

「どれだ？　福丸はミスが多いから」

さらっとひどいけど、身に覚えがありすぎる。

「先日、当直明けに差し入れにきた女性がいましたよね。そのとき、おれ、ああいう人がいるからやる気が出るんだっていって」

「そんなことあったな」

「あれは相手の反応をモチベーションにするな、ってことですよね。井野巡査長が叱ってくれた意味が最近になってわかって。あのときは生意気なこといって、申し訳ありませんでした」

「わかったならいい」

軽く流されて胸がざわめいた。

きっと、これはそんなふうに片付けていい問題じゃない。

簡単に許してもらったら上辺をとりつくろうのと同じだ。意識の深い部分が変わらなければ、また同じ行動を取ってしまう。時間が経てば自戒も忘れるんじゃないか。そんな気がして、少し自分のことがおそろしかった。

おれは声を落として、胸のうちを明かした。

「誰だって加害者になることがあります。どんなにいい人だって事故を起こしたり、罪を犯したりする。そういう人を前にしたとき、自分は一ミリも態度を変えないで対応できるか考えたら……自信がなくて」

あの人はお偉いさんだから。恩を売っておくと見返りがあるから。残念だけど私利私欲で罪を見逃す警察官の風上にもおけないやつはいる。

おれは絶対にそうはならない。あんな見下げた連中とは違う。脅しに屈しないし、金品だって絶対に受け取らない自信があった。……あったけど。

「たとえば同じ犯罪でも、どうしようもない悪党と、よく知っている人とだったら、まったく同じ対応でいられますかね。かける言葉とか、おれの態度が違ってくる気がするんです」

親しい人や恩師。『あの人がそんなことをするはずがない』と驚くような相手だったら。深い恩義や愛情が絡んで、相手に同情を寄せてしまったら。

そういう感情の延長線上に、身内びいきする者や汚職に手を染める者がいるんじゃないか。そうだとしたら、おれはそうならないって、どうしていいきれる？

うつむいていると、井野さんが小さく笑うのが聞こえた。

「そりゃよかった」

「真面目に話してるんですけど」

「福丸は相手によって見逃してやろうとか、事件をもみ消してやろうって考えているのか？」

はあ？　と声が出そうになって、慌ててのみこんだ。でも表情に出ていたらしい。

井野さんがいった。

「それでいい。感情を一切挟まずやれますっていわれるほうが怖いさ。そんな人間いるもんか。自分は大丈夫、絶対に間違えないっていう輩のほうが信用ならないね。だから福丸はやっていける」

「そう……なんですかね」

「おれだってそういう揺れはある。だから毎日、頭の中で点検するよ。勝手に基準を変えていないか。規律に執着して、見落としをしていないか。どっちに偏ってもだめだ。中庸《ちゅうよう》ってやつだな」

話していると小さな足音が聞こえた。ハルトがこちらにくるところだった。先に気づいた井野さんがハルトに向き直って身を屈めた。

「すまない、邪魔をしたな」

凄みのある顔がニコリともしないでいうから、優しい声かけが台無しだ。案の定、ハルトは身をこわばらせた。いつか子どもを泣かせそうだ。

「『ドラポケ』好きなのか」

井野さんが尋ねると、ハルトは目をぱちぱちさせた。

「なんで知ってるの?」

「かばんに『ドラポケ』の缶バッジがあったから。あれ、シークレットだろ」

とたんにハルトは目を輝かせた。

「キャラもだけどバッジもシークレットなんだ。くじで当てたんだ、すごいだろ」

それから好きなドラゴンの話になって「あのコンボが強い」とか「スピード重視なら雷ドラで組むのがいい」と会話が弾んだ。不思議な光景だ。ちっちゃいヒグマみたいにおっかない先輩が小学生と打ち解けている。

「先輩、子どもと仲よくなるの早いですよね。人さらいのような手際のよさ」

感じ入って呟くと、鋭い目で睨まれた。

「ケンカ売ってるのか」

「めっそうもございません」

「交番には迷子も来るからな。覚えておいて損はないぞ」

ハルトが意外そうに井野さんを見た。

「おじさんもケイサツカンなの？」

「おじ……」

「井野さんはぴちぴちのお兄さんだよ！」

すかさずフォローしたけど、「フーン」とハルトは信じていない顔だ。そりゃね、先輩は笑わないし目つき悪いし仏頂面だよ。わかるよ、わかるけども。

「福丸、この子はお前の弟か？」

ドスの利いた声で訊かれ、おれは直立不動の姿勢を取った。

「いえ、ちょっと預かってまして」

「まあいい。これ、小腹が減ったら食べろ」

井野先輩は腕にひっかけたコンビニの袋から、おにぎりとペットボトルの緑茶を出して、袋ごと残りをくれた。

「いいんですか、自分用に買ったんじゃあ」

「福丸、パン好きだろ。仲よく食えよ」

えへへ、と頰が緩んだ。意外と優しいんだよな、井野先輩。

「ありがとうございます」

「じゃあ、明日の勤務でな」

ぽん、とおれの肩を叩く手は異様に重たい。井野さんは薄く笑った。

あ、さっきおじさん呼ばわりされたこと水に流してないな。

軽快に走り去っていく巡査長を見送りながら、おれは明日の当番に思いを馳せ、心で泣いた。

「あさひ、仕事でしっぱいしたんだ？」

出し抜けに声が飛んできて、おれはハルトを見た。

「な、なんだよ急に」

「さっき、ごめんなさいしてたろ」

「あー、あれな。大人にはいろいろあってな」

「なにやったの？」

「それ聞く？」

情けない声が出てしまった。

子どもって容赦ない。まあ、隠すほどのことでもないか。

「おまわりさんは困ってる人を助けるのが仕事だろ？　でもおれ、『すごいね』とか『がんばってるね』っていわれるのが好きでさ。そういう気持ちが大きくなっちゃったんだ。褒めてほしいから困ってる人を助けてやろう……なんて、心のどこかで考えてたんだろうな。さっきのお兄さんは、おまわりさんは町の人のためにいるのに、それじゃだめだって気づかせてくれたんだ」

「オトナなのに、ほめてほしいの？」

「そりゃあもう」

「あさひってガキだな」

グサッと言葉が胸に刺さった。小学生に子ども扱いされた。

「でも、がんばってるときにわかってもらえないの、つらいよな」

なぐさめられて余計に突き刺さった。これじゃハルトのほうが大人みたいだ……いや、待てよ。

小学生なのにこんなセリフがすんなり出てくるなんて、同じような経験をしたことがあるからじゃないか？

「ハルトもがんばってるんだ。がんばっても伝わらなくて、悲しかった」

ハルトは小さく息をのんだ。

沈黙が落ち、少年の目に強い感情が揺れる。

「ちがう。オレは、もっとできるから」

その声には頑ななものが滲んでいた。

これは……怒ってるんだな。だけど、なにに？

尋ねようとして思いとどまった。会ったばかりのおれにそこまで明かしてくれないだろう。尋ね方を間違えれば二度と答えてくれなくなる。

こういうとき、井野さんだったらうまく聞き出せるんだろうな。

仕事ができる先輩を思い、またちょっと落ち込んだ。

「ゲーム、どこまで進んだ？」

当たり障りのない会話に切り替えて、ハルトと歩き出す。井野さんにもらったコンビニの袋がかさかさと音をたてた。重くないはずなのに、なんだか少し重たく感じられた。

噴水で遊ぼうか、と誘ったら、鼻で笑われてしまった。結局ベンチに戻って並んで座った。ハルトは膝を立ててベンチに座ると、ゲームの続きを始めた。

やや離れたところでは空色のバンのまわりに人が集まり、三つ揃いスーツをまとった紳士が忙しそうに働いている。

英国紳士風のナイスミドルが店主とあってか、パンは飛ぶように売れていく。亘理さんはいろんな人から話しかけられ、記念撮影まで頼まれていた。

おれは隣でゲームに熱中するハルトに視線を戻し、なんともいえない気持ちになった。今気づいたけど、ハルトは亘理さんのほうをまったく見ない。そこにいないみたいに意識から切り離している。

留守がちの父親がすぐ近くにいる。それなのに相手にされず、他の人と楽しそうにしている。亘理さんは一時間後に戻るっていったけど……おれだったら見ていて楽しい光景じゃない。

「待つの、つらくないか」

それとなく尋ねると「べつに？」とあっさりした答えが返ってきた。

ハルトはゲーム機から顔を上げようともしなかった。亘理さんとの希薄な関係を映しているみたいで、胸がざわめいた。

こんな関係が続いたら、いつかハルトは心を閉ざす。なにかしたいけど、おれになにができるだろう。

考えた末、口を開いた。

「亘理さんって、すごい人なんだ。そりゃあ、家にいなくて、ハルトに寂しい思いをさせているのはどうかと思う。大学の先生で忙しいのに、パン屋をやってる場合じゃないよ。だけど」

渡しそびれた手土産の紅茶を見ながら、言葉を継いだ。

「おれ、何度も亘理さんに助けてもらったんだ。犯人に間違われそうになったときも、事件のことで悩んだときも。亘理さんに話を聞いてもらってさ」

マイペースの変わり者で、独特の感性で生きている。でも亘理さんは、相手をないがしろにする人じゃない。

知り合って日が浅いけど、これだけは断言できる。

「ハルトのお父さんは話せばちゃんとわかってくれる人だよ。今すぐじゃなくてもいい。ただハルトが辛かったり、苦しくなったりしたときは、亘理さんに話してみてほしいんだ。必ず力になってくれるよ、君のお父さん」

「おかあさん？」

「そう、お母さんに――ん、お母さん？」

隣に目を向けた瞬間、ハルトがベンチから飛び出した。

「おかあさん！」

「あっ、待――」

おれの声を振り切ってハルトはバラ園のほうに駆けていく。

追いかけようとして、ベンチに散らばった荷物が目にとまった。

「ええい、くそっ」

ゲーム機をハルトのバックパックに押し込んで、紙袋とコンビニ袋を腕に引っかけた。小学生の足だ、すぐに追いつける。そう思ったけど、小さな背中はあっという間に散策する人々で見えなくなってしまった。

胸がひやりとした。

色鮮やかなバラの生け垣、出店のテント、通行人。あちこちに目を走らせるが、見当たらない。離れたところから「おかあさん！」と叫ぶのが聞こえた。

声がしたほうに走ると、植え込みの間にその背中を見つけた。

「焦った……見失ったかと思った」

ハルトはきょろきょろしながら道に戻ろうとして、植え込みに足を取られて転んだ。まわりの大人が立ち上がるのを手伝おうとしたが、ハルトは気づかない。唇をぎゅっと噛んで、必死にあたりを見回している。

おかあさん。

声は聞こえなかったけど、小さな唇がたしかにそう震えた。

急に走るな。勝手に離れるな。まわりの人に気をつけろ。植え込みに入っちゃいけない――叱ることはたくさんあった。子どもを預かったんだ、きちんと言い聞かせないといけない。でも、おれには他にしなくちゃいけないことがある。

座り込んだハルトを心配して人が集まり始めていた。

知らない大人に囲まれて心細くなったのか、ハルトは急に不安そうにして視線をさまよわせた。その目に涙の膜が浮かぶ。

おれは通行人の間をすり抜けて、小さな背中をすくいあげた。

見た目よりずっと軽くて、簡単に肩に担ぎ上げられる。それからおれは大きく息を吸い、腹の底から叫んだ。

「ハルトのお母さん、いますか！」

びりびりと遠くまで声が響き渡る。

驚いて振り返る人、怪訝そうにこちらを見る人はいるけど、ハルトの母親らしい人は見当たらない。

おれは頭上を仰いだ。

「ハルトも呼んで。見つけてもらえ」

肩車されたハルトはびっくりした顔でこちらを見下ろした。

「お母さーん、ハルトのお母さん！」

おれはもう一度、大声で呼んだ。ハルトを肩にのせて園内を歩く。小学生なんてまったく重くない。体を鍛えているのは、こういうときのためだ。

「ハルトのお母さーん！」

「おかあさん！」

おれの声に続いて、ハルトが叫ぶ。

「おがあああさあああん！」

母親を呼ぶ切実な声は、大通公園の端まで響いていくみたいだった。

3

大泣きするハルトの手を引いてベンチに戻ると、亘理さんが待っていた。亘理さんはハルトをしばらく見つめて「もう少しの間、お願いします」といった。〈エウレカ〉の店じまいを始めたので、おれはベンチで亘理さんを待った。そして、空色のバンはエンジンの音を響かせて走り去っていった。

おれがどれだけ驚いたか、どういったら伝わるだろう。あんぐりと開けた口から顎が外れて、地面を転がっていくかと思った。

店じまいしたのはハルトと一緒にいるためじゃないのか。いくらワケアリの息子で接し方がわからないからって、置いていくなんて薄情すぎる。ひどすぎる。

ぷつん、とおれの中でなにかが切れた。

次に会ったら逮捕だな。連行して調書取って詰めまくって数時間は帰さない。めらめらと怒りの炎を燃やしていると、隣からおえつが聞こえた。

ハルトの涙はまだ止まらなかった。自動販売機で買ったお茶を飲んで少し落ち着いたけど、透明の涙がはらはらと頬を濡らしている。

あのあと、母親を見つけることはできなかった。人違いか、勘違いか、それとも母親が無言で立ち去ったか……考えたってわからない。

重たい空気を払うようにおれは明るくいった。

「腹減ったな。そうだ、井野さんがパンくれたんだ」

コンビニの袋を手に取る。先輩はパンだっていってたけど、なにパンだろう。甘いのもいいけど、しょっぱい総菜パンもいい。コロッケパンとか焼きそばパンとか腹にたまるのだったらもっといいな。

袋をごそごそして触れたものを取り出すと、月寒《つきさむ》あんぱんが出てきた。

今日はあんパンデーだな。類は友を呼び、パンはパンを呼ぶ。

「って、これパンにカウントする？」

月寒あんぱんは札幌を代表する銘菓だ。見た目は平べったい円形で、こんがり焼けた薄い皮の中にぎっしりとあんが詰まっている。食感も見た目もサイズもパンというより月餅《げっぺい》に近い気がする。

袋の中を覗くと、月寒あんぱんが六個入っていた。しかも味はこしあんのみ。

「井野巡査長……糖尿病にならないか」

自分用に買ったはずなので、一人で食べる気だったのだろう。もらってよかった、と先輩の健康を心底気遣いながら、北海道の絵がプリントされた茶色いパッケージを開けた。さっそく大きな口で、がぶり。

うんうん、この歯ごたえ。薄い生地からずっしりしたあんの層にぶつかって、あずきの甘さが溢れる。さっき月餅に似てるっていったけど、ぜんぜん違うな。

「うまいなあ」

子どもの頃から食べてきた定番の味に頬が緩む。

かじった断面を見ると、きめ細かなあんこがつやつや輝いていた。しっとりなめらかで、甘すぎないのがいい。いや、亘理さんにいわせると、これが「甘い」の部類に入るんだろう。甘くないけど。味覚って不思議だ。

「ハルトも食べな」

ベンチにはりつくように座ったハルトに、新しく封を開けた月寒あんぱんを差し出す。鼻先で揺らすと、ハルトはのそのそと受け取って、泣きながらかじった。

「ううっ、ひくっ、おいじい」

洟《はな》をすすりながらしゃべって、むせる。

「ああ、ほら。これ飲んで」

ペットボトルのお茶を飲ませて、背中をさすった。

さっきまでの生意気さはどこにいったんだ。そういいたくなるくらい、ハルトの背中は小さく、頼りなかった。泣きながらあんぱんを頬張る姿がいじらしい。

生意気なのは寂しさの裏返しで、本当は甘えたいに決まっている。もっと父親といたいはずだ。母親に会いたいはずだ。でも大人たちの都合でそれが叶わない。

「おれ、子どもの頃さ、怒られたり嫌なことがあったりすると、ばあちゃんちに逃げ込んだんだ。ばあちゃんちはパン屋で、どのパンもすごいうまいんだ。でもピカイチはあんパン」

昔の夢を見たからかな。ばあちゃんが作るあんパンの味は鮮明に思い出せた。

「こしあんがぎゅうぎゅうに詰まってて、甘いんだけど、くどくなくて。パンと合わさると無限に食べらさるんだわ。ばあちゃんのパンには勇気が詰まってる」

ハルトが涙に濡れた目でおれを見た。

「……勇気？」

「うん。腹が減ってると、悪い方にばっかり考えがいくだろ。でもばあちゃんのパンを食べると、がんばろう、次は負けないぞって思えるんだ」

おれはハルトに笑いかけた。

「さっきのハルト、かっこよかった。ちょっとうまくいかなかったけど次があるよ。だからまず腹をいっぱいにして勇気だそう。おれはハルトのしたいことを応援する。一緒に考えような」

そういって、おれは月寒あんぱんを頬張った。

この菓子にも、きっとハルトを元気にする力が入っている。

ハルトは自分の手元をじっと見つめ、細い声で呟いた。

「オレ、おかあさんに会いにきた。おかあさん、さっぽろのびょういんにいる。弟がにゅういん、してて……ずっと、帰ってこないっ」

思いもしない告白だった。

涙でとぎれとぎれの言葉を集めると、だいたいこんな話だった。

ハルトの弟は病気で長期入院をしており、母親はその付き添いで病室に寝泊まりしている。そのため四ヶ月前からハルトは母親と弟に会っていない。

「おかあさん、『ごめん』っていうんだ、オレと一緒にいられないからっ」

ハルトは大きく洟をすすった。

「だから、オレ、さっぽろにきた。ひとりで電車にのれたら、オトナだ。オレがオトナってわかったら、おかあさん『ごめん』っていわないだろ。でも……道がっ、びょひくっ、としゃくりあげ、大粒の涙があんぱんに落ちた。

小学一、二年生の移動手段なんて徒歩か、せいぜい自転車だ。家の周辺しか知らない世界から、たった一人で電車に乗ってくるなんて。

「一人で札幌まで来たんだな。すごいな、大冒険じゃないか」

ハルトの呼吸が落ち着くのを待って、できるだけおだやかに訊いた。

「うちを出るときに、だれかに『行ってきます』した？」

ハルトは首をぶんぶんと横に振った。

「そっか。おしいな。もし内緒で家を出たなら、どんなにすごい冒険したって大人にはなれないんだ」

「えっ、なんで？」

「もしハルトがケガをしたり、悪い人に捕まったりしたら？　こっそり家を出たらハルトがどこにいるか誰も知らない。お父さんとお母さんはびっくりして、悲しむよ。いろんな人を困らせるのは大人のやり方じゃない」

ウサギみたいに赤くなったハルトの目にまた涙の膜ができた。

おれはその目をまっすぐに見た。

「次は『行ってらっしゃい』っていってもらえ。堂々とうちを出るんだ。大事な人を心配させたり、泣かしたりしちゃだめだ」

今にもこぼれそうなほど涙を溜めて、それでもハルトはうなずいた。

「わかった……っ、だからあさひ、オレが勇気いっぱいになったら、つぎはいっしょに考えて？　あさひ、おまわりさんなんだろ」

おまわりさん。

そう呼ばれた瞬間、目の前を覆っていたモヤが晴れた気がした。

「おう、任せとけ」

答えを聞いたハルトは乱暴に目許を拭った。それから弱気をやっつけるみたいに、大きな口であんぱんにかぶりつき、一所懸命に口を動かした。

もう大丈夫そうだな。

おれはハルトを見守りながら頭の中で状況を整理した。

ハルトは母親に会うために無断で家を出た。道に迷ったところで父親の亘理さんに連絡したか、たまたま会うかしたんだろう。そこにおれが来て、現在に至る。

だとすると……亘理さんが店じまいをして車で出かけていったのは、母親を連れてくるためか。病院がこの近くにあるなら少しの間、抜け出してこられるだろう。

行き着いた答えに、なんだか少しほっとした。

泣いている我が子を置いて逃げたのかと疑ったけど、この行動のほうがずっと亘理さんらしい。逮捕しようなんて考えて悪かったな。

そのとき、公園脇の道路に空色のバンが現れ、流れるように元の停車場所に滑り込んだ。噂をすればなんとやらだ。

停車と同時に助手席のドアが開き、待ちきれない様子で人が飛び出してきた。歳は三十半ば。小太り。メガネにビジネススーツ、ネクタイを締めている。

あれ、男性？

「ハルト！」

小太りの男が叫んだ。

ハルトが弾かれたように顔を上げた。目をみはったかと思うと、わなわなと唇を震わせて、全身から怒りをほとばしらせる。

「なんでおとうさんつれてくるんだよ！　約束やぶったな！」

怒声は男性の後方、三つ揃いスーツの紳士に向けられていた。

お父さん？　約束？　なんの話だ……？

棒立ちになるおれを後目に小太りの男がハルトに駆け寄った。

「だめじゃないか、勝手に家を出ちゃ。ここまで一人で来たの？」

ハルトは口をへの字に結び、だんまりを決め込んだ。

「ええと、すみません。ハルトくんの『お父さん』？」

おれが声をかけると、男ははっとした様子でこちらに向き直った。

「ハルトの父の小峰《こみね》です。息子がご迷惑をおかけして、申し訳ありませんでした。お休みなのに面倒を見ていただいたそうで。本当にすみません」

ぺこぺこと何度も頭を下げられた。

小太りの男とハルト、並んで立つ二人の顔立ちはよく似ていた。少し離れた目の間隔や鼻の形とか。なるほど、本当に親子らしい。

じゃあ、亘理さんのポジションはなんなんだ。継父？

おれが新たな疑問に頭を使っている間も、「帰ろうハルト」「やだ」と親子はもめていた。亘理さんとの関係が気になるけど、今はこちらの問題が先決だ。

「あの、お母さんに会わせてあげることはできませんか？　弟さんの入院の付き添いで、四ヶ月もハルトくんに会ってないんですよね」

おれが割って入ると、小峰さんは目をぱちぱちさせた。

「私の妻は週に二回帰ってきてますよ。昨日も見送ったばかりで」

「え？」

「自分の着替えを取りにきたり、洗濯したり。家を空ける時間は長いですが、まったく会えないわけでは……」

「そうだったんですか。てっきり。お父さんも家にいないと伺っていたんで」

「定時に直帰してます！」

小峰さんは声を大きくし、ばつが悪そうにうつむいた。

「でも買い物やら食事の支度やらでバタバタしてしまって。ハルトのこと、構ってやれてないですね」

ここまで聞いて、おれはようやく自分の過ちに気がついた。

小学生の話を鵜呑みにしすぎていた。話を盛ったり、事実じゃないことがまじったり。悪気があってやるんじゃない。自分の寂しさや辛さを伝えようとして、大げさになってしまうのだ。

「とにかく、家に帰ろう」

小峰さんが腕を取ろうとすると、ハルトはその手をはねのけた。

「やだ！　いやだっていってるだろ！」

「ハルト……」

「オレはひとりででかけられる、うちにかえらない！　オバケだっているんだ、あんな家きらいだ！」

「またそんな作り話を」

「うそじゃない！　うそつきはオトナのほうじゃないか。おかあさん、しばらくうちにいるっていったのに！　おとうさんは忙しいからってすぐ約束すっぽかす、そのおじさんも約束やぶった！　オトナはうそばっかだ！」

ハルトは顔を真っ赤にして、癇癪《かんしゃく》を起こしたようにまくしたてた。

小峰さんはハルトが落ち着くのを待って、語りかけた。

「ごめんな、寂しいよな。体がよくないからって弟がお母さんを独占して、お父さんは……ぜんぜん父親らしいことができてないな。本当にごめん。でも勝手に家からいなくなったり、ありもしないことをいわれたりすると、お父さんは悲しいよ」

ハルトの顔に傷ついたような表情が浮かんだ。

沈痛な沈黙が流れた。

「帰ろう」

小峰さんが再びハルトの手を取った、そのときだ。

「茶色くて丸くて甘いものといえば、なーんだ」

唐突に。なんの脈絡もなく、そんな言葉が響いた。

質問を投げかけたのは、もちろん三つ揃いのスーツを着た英国紳士風の男だ。

居合わせた誰もが突然のなぞなぞに目を白黒させた。

「ブール、イングリッシュマフィン、バースパン、ベーグル、ヌスシュネッケン、ポン・デ・ケージョ。人によって思い浮かべるものは様々ですが、王道で考えれば、誰もがまず、あんパンを想像することでしょう」

なぜパン縛り。茶まんじゅうでもトリュフチョコでもコーラ飴でもなんでもいいのでは……なんて、ヤボなことはいわない。亘理さんがこういう話題を始めたということは、きっとあれが始まる。

優雅な佇まいの紳士は知的な眼差しで語った。

「一口にあんパンといっても、じつに多彩です。小倉あんには粒あんとこしあんがあり、白あん、黒ごまあん、クリームと二層になったあんパンもあります。割ってみなければ、わからない。そんな楽しみを持つパンなのです。そしてハルトくんが札幌へ来るに至った一連の出来事も、割ってみなければ本当のことはわかりません。ぜひとも三つの質問させてください」

やっぱり来た、三つの質問だ。

小峰さん親子と亘理さんの関係がイマイチわからないけど、おれの疑問は亘理さんの質問が進むうちにわかっていくだろう。

小峰さんはハルトと視線を交わして、紳士に目を戻した。

「亘理さんがそういうなら……でも手短にお願いします」

「了解しました」

それにしても『今回の一連の出来事』か。

ハルトは母親に会うために札幌に来た。本人がそういっていたし、謎もなにもない。亘理さんはなにを知ろうとしているんだろう。

おれたちが見守る中、最初の質問はこんなふうに始まった。

「オバケのことを伺いたいのですが、どのあたりに出ますか？」

ハルトは疑わしそうな顔で亘理さんを見た。

さっき、約束を破ったっていっていたし、まだ怒っているようだ。

「おうちに出るんでしたね。トイレやキッチンでしょうか。それとも天井に？」

紳士が質問を続ける。

本当は話したくてしかたなかったんだろう、ハルトはふくれっつらで答えた。

「まど。たくさんいる」

「たくさんいるのですか。どんな姿をしていましたか？」

「見えないよ。オバケなんだから。でも女の人も男の人もいる。若かったり、おじさんだったり。みんな、ぼそぼそしゃべって、なにいってるか聞きとれない。外国語しゃべるやつもいる」

「姿は見えないのですね。では匂いや足音はいかがでしょう」

うううん、とハルトは首を大きく横に振った。

亘理さんはおとがいに手をやり、少しの間、思案した。

「窓のまわりにはなにが見えますか？　それから、おうちがなににできていて、いつから立っているかはご存じでしょうか」

「一般的な戸建てです。築十年くらいですね」

答えたのは小峰さんだ。子どもには難しい質問だと判断したようだ。

「二階建てですが、ハルトがいう窓は一階のリビングのことです。窓の外にはなにもありません。草がぼうぼうで、トタンの物置小屋があるくらいで。その先は川で、道や住宅もないです」

ということは、通行人の話し声や隣家の生活音が聞こえる線はなさそうだ。ハルトはなにをオバケの声だと勘違いしているんだろう。

「だからオバケは物置にかくれてるんだって！　いっぱいいて、ときどき窓までおどかしにくるんだ」

ハルトが声を尖らせると、小峰さんが腕組みした。

「何度も物置の中を見せたじゃないか。古くてほこりだらけだったろう？　あんなところに人は入らないよ。誰かいたら、ほこりに靴のあとが残る」

「オバケに足はない」

小峰さんは弱り切った顔になった。

「整理しましょう。オバケには姿がなく、声がする。ハルトくんはその声を窓のところから聞いた。疑わしいのは物置小屋ですが、人が出入りした痕跡はない」

亘理さんがまとめると、ハルトはむっつりとした顔でうなずいた。

「ありがとうございます。それでは二つ目の質問です」

話題が変わって、内心ほっとした。

オバケなんているわけがない。だけど小峰さんが現実的な目線で説明すればするほど、ハルトは頑なになる。この話題はこれまでにしたほうがいい。

「さて、オバケが事故を起こしたと話していましたね。どんな事故ですか？」

亘理さんの質問におれはずっこけそうになった。

オバケの話、終わってなかったね！

「じこはさ、うちのちかくで工事してて。そしたら、バーン、ってすごい音がして、オバケがわーわーいってたんだ。あいつらがやったんだ」

ハルトは手を振り回して音の大きさや衝撃を表現した。しかし、なにが起きたかはさっぱりわからない。

意外にも説明を引き継いだのは小峰さんだった。

「日中にあったことなので、私も近所で聞いたかぎりですが……高い建物を組んでいて、クレーン車が入ったんです。その車から火花が出たとか、感電事故があったとかで。ケガ人も出ています。だからオバケなんて」

わかるでしょう、というように小峰さんは肩を落とした。

小峰さん、いい父親なんだろうな。

空想を否定しているわけじゃない。だけどハルトにとって空想を彩る刺激的な出来事でも、実際にはケガをした人がいる。その線引きがハルトに伝わらず、もどかしそうだった。

「なるほど。だいぶ全容が見えてきましたね」

不意にそんな言葉が聞こえ、おれは目をしばたたいた。

全容がわかるような話なんて、まだしてないよな。

「次が三つ目、最後の質問です。とても重要な質問ですので、小峰くん、しっかり答えてください」

「は、はい」

いつになく真剣な亘理さんの様子に小峰さんは緊張した面持ちになった。

「では小峰くん。お住まいはどちらですか」

小峰さんの口がぽかんと開いた。

きっと、おれも同じ顔をしているに違いない。

「え……と、江別《えべつ》です。江別駅の南東側、郊外です」

「おお！　それは素晴らしい。よいところにお住まいですね」

他人の住所を聞いてこんなに喜ぶ人も珍しい。

飛び抜けて有名な名物や名所はないと思うけど、なにかあったかな……そういえば、住宅街に夫婦が営む絶品ベーカリーがあったな。

そんなことを考えていたら、思いもしない言葉が耳に飛び込んできた。

「これでオバケの正体がはっきりしましたね」

「え？」

オバケの正体。そもそも亘理さんが質問を始めたのは、ハルトが札幌に来ることになった一連の出来事を紐解くためじゃなかったか。

「どういうことですか？」

「ハルトくんは正しかったということです。さらに今のお話でもう一つはっきりしたことがあります」

言葉をくぎり、亘理さんは険しい顔で続けた。

「どうやら、オバケを見ているのは我々のほうのようです」

4

オバケは本物。しかも、オバケを見ているのはおれたちのほう？

謎を解いているはずが、謎かけをされているみたいだ。

「みなさんご存じのように、あんパンの登場は明治七年。現在の木村屋の創業者、木村安兵衛《きむらやすべえ》によって考案されました。八重桜の塩漬けや酒種を使ったパン生地など、日本発のこの素晴らしい発明についてお話ししたいところですが、ここ北海道では『月寒あんぱん』を語らずにいられましょうか」

いつの間にか白い手袋をはめた亘理さんは、これまたいつの間にか自作のあんパンをのせたトレイを手に語った。

「月寒あんぱんを生みだしたのは大沼甚三郎《おおぬまじんざぶろう》という人物です。大沼氏はつきさっぷ村に駐屯する陸軍第7師団歩兵第25連隊で菓子などの納入をしていました。東京であんぱんという食べ物が人気だと聞きつけ、レシピや材料の詳細を知らないまま、想像力と試行錯誤を重ねて完成させたのが、かの『つきさっぷあんぱん』です」

「へえー」

おれと小峰さんの声が揃った。

月寒あんぱんにそんなエピソードがあったとは知らなかった。

「ねえ、つきさっぷってなに」

ハルトがおれのズボンをひっぱった。

「月寒のこと。地名だよ。豊平区にある住所で、アイヌ語のチキサプやチケシサプがなまったものらしい。今でもつきさっぷって呼び方は残ってるよ」

亘理さんが意外そうにおれを見た。

「福丸さん、詳しいですね」

「まあ、職業柄」

市民の安全を守るのが一番の仕事だけど、地域の最新情報や郷土史もチェックするようにしている。おまわりさんが町のこと知らないって、がっかりするからな。

「福丸さんのおっしゃるように、地名を冠したあんぱんは大変な人気でした。名物となり、同商品を提供する店が増えていったのです。そんな中、大沼氏から製法を伝授された人物がいます。『大原屋本間商店』の本間与三郎《ほんまよさぶろう》氏です。現『ほんま』の創業者であり、現存する唯一の月寒あんぱんの店といえるでしょう」

おお、とまたしても小峰さんと声が揃った。

月寒あんぱんといえば、ほんまだ。おれたちが子どもの頃から食べてきた、馴染みの味。じいちゃんばあちゃんちに行くと必ず仏壇やキッチンに置いてあった。わかさいもと同じくらいあるあるの、昔ながらのおやつだ。

「ご覧ください。あんパンといえば、この艶やかな小麦色」

紳士は手にしたあんパンを目線の高さに持ち、うっとりと眺めた。

「ふっくらとして、酵母の香りが立つパン生地と、和の食材である小倉あんの素朴な甘みがマッチした奇跡のパンです。これに対し、月寒あんぱんは生地に卵を多く使用し、ほっくりとした食感です。あんには水飴をたっぷり練り込み、しっとりと濃い甘さがあります。水分が少ないので日持ちし、どっしりと腹にたまるあんぱんは、まさに北海道の風土が生んだ進化形おやつパンといえるでしょう」

パンなのか？　おれは疑問に思い、はたと我に返った。

今はあんぱんの話じゃなくて、ハルトの件だ。

亘理さんが本題をスルーしてパンの話をするのは毎度のことだし、話が面白くてつい聞き入ってしまった。

「有名なエピソードはやはりアンパン道路ですね。明治四十四年、つきさっぷ村と平岸が合併し、それに伴い役場が移転します。ここで交通事情に問題が――」

「その話はいいんで。そろそろ話を戻してください」

亘理さんが顔だけをおれのほうに向けた。

「アンパン道路は気になりませんか。つきさっぷ村と平岸の合併に伴って役場が移転したのですが、当時は道がなくて平岸の人が大変困ったそうです」

「地下鉄の月寒中央駅から平岸小学校のあたりに延びる道路ですよね。知ってますけど、今その話は――」

「予算がなく途方に暮れたとき、25連隊が力を貸してくれた話です。重機などない時代ですから大変な重労働でそんな兵隊たちを労おうと町が資金を集めてあんぱんを配った話です」

「いや、だから」

「町から頼まれた本間氏たちは他店と協力し合い、じつに日に三万個のあんぱんを作ったという話です。そして兵隊に一日につき一人五個のあんぱんが配られ、わずか四ヶ月で完成した道路の逸話は気になりませんか？」

この人……強引に要点をねじ込んできたな。

おれが胡乱な目を向けても、パン屋の紳士はしれっとした顔だ。

「さて、月寒あんぱんと今回の件には類似点が――」

「あとで聞きます！」

大きな声でハキハキとさえぎると、紳士はまだ語りたりなそうにおれを見た。

そんな目をしたってだめだ。こうなったら、あんパンを取り上げて食べるしかないか。パンが消えれば語れまい。

おれの視線からパンに危険が迫っていることを察知したのか、紳士はあんパンを目線の高さから下ろして、おれに見えないように抱え直した。

「では先に今回の件について明らかにしていきましょう」

「ハルトが札幌に来ることになった一連の出来事を解明するっていってましたよね。まだオバケの話しか聞いてないし、情報がたりない気がするんですけど」

ここぞとばかりに、おれは話を進めた。

ハルトが札幌に来たのは母親に会うためだ。疑問を挟む余地はない。

亘理さんは首を横に振った。

「解を求めるのに不足していた要素だったのです。おかげで今回の件には、二つのオバケが関わっていたことがはっきりしました」

「ハルトのオバケは本物で、しかもオバケを見ているのはおれたちのほう……って話ですね。どういうことか、さっぱりなんですけど」

「順を追って説明します。まずハルトくんが遭遇したオバケについて。といっても、なにも難しい話ではありません。物置が振幅変調――いわゆる中波放送を受信し、経年劣化によりゲルマニウム・ダイオードと似た働きをしたことで発生したと推測できます。これがオバケの正体です」

簡潔で完璧な説明だ、といわんばかりの表情で紳士がおれたちを見た。

ゲル……なんだって？

おれだけじゃない。小峰親子の頭の上にも大量のはてなマークが浮かんでいるのが見えるようだった。

「もっとわかりやすくお願いします」

「物置がラジオになったということです」

ははー、なるほどなるほど、ぜんぜんわからないぞ。説明してもらって結論まで聞いたのに、こんなにわからないことってある？

「物置小屋に人が出入りした形跡がない。それにも拘わらず、老若男女、複数の人の声がするというのが手がかりになりました。音声情報だけが届いていると考えれば、状況と矛盾しません。ハルトくん、じつに正確で素晴らしい観察です」

褒められたハルトは目をぱちぱちさせ、笑顔になった。

小峰さんが遠慮がちに口を開いた。

「物置がラジオになるなんてこと、あります……？　うちの物置小屋は鉄骨とトタンでできた、ただのおんぼろです。除雪機や庭具が置いてありますが、物置にはスピーカーはついてませんし、電線すら引いてませんよ」

「電源やバッテリーがなければラジオは動かない。現代の家電を思い浮かべれば、そうした印象を持たれるのは自然なことです。しかし電源がなくても音を聴けるラジオはあります。鉱石ラジオ、無電源ラジオ、あるいは塹壕《ざんごう》ラジオといった言葉を聞いたことはありませんか」

小峰さんは少し考えて、思い出した様子になった。

「そういえば、戦時中はそのへんにあるものでラジオが聴けたって聞いたことがあります。空き缶や釘なんかで」

「えっ、そうなんですか？」

おれは小峰さんを見た。空き缶や釘って、ガラクタ同然じゃないか。どうやったらそんな小さなものでラジオが聴けるんだ？

亘理さんがゆったりとした口調でいった。

「釘どころか、世界初のラジオは鉱石を検波器にしていました。もちろん電池は不要です。一九〇六年、今から百二十年ほど前のことです」

「そんな昔からあるんですか。しかも鉱石ってことは、石？」

金属の部品じゃなく、電池もないラジオ。うーん、うまくイメージできない。

「ラジオとは電波によって送られる音声や音楽を取り出し、聞けるようにする装置のことです。仕組みから考えてみましょう」

亘理さんはトレイにのせたパンを小峰さんに預けて、〈エウレカ〉から小さな黒板を持ってきた。本日のオススメパンを消して、チョークで図を描く。

描き上がったのは中学の理科で見たような線と記号だ。

「これがラジオの最もシンプルな構造です。電波をキャッチする『アンテナ』、様々な周波数の電波の中から一つの電波を取り出す『同調回路』、その電波から音声信号を取り出す『検波器』、そして音を響かせる『イヤホン』——以上、四つの要素があれば、電源がなくともラジオを聴くことが可能です」

「本当に電源がないんですね」

「電波のエネルギーだけでラジオを鳴らしているのです」

亘理さんは三角と棒を組み合わせた記号を指した。

「重要なのがこの検波器です。一方向にだけ電流を流す作用のある半導体を使うことで、ＡＭ変調された信号から音声信号を取り出します。これがなければ、なにも聞こえません」

世界初のラジオはこの部分に方鉛鉱や黄鉄鉱などの金属を含んだ鉱石を使っていたという。『鉱石ラジオ』と呼ばれたゆえんだ。

「ゲルマニウム・ダイオードが登場すると、安定性と扱いやすさからこちらが主流になりました。これを検波器に用いたものをゲルマニウムラジオと呼びます。そして戦時下や物が手に入らないとき、似た作用を持つものが使われました。錆びた釘、硬貨、缶の蓋などです」

小峰さんが感心した様子で顎をなでた。

「それが塹壕ラジオですね。ラジオがこんなにシンプルな構造だったなんて、知りませんでした」

「ええ。シンプルだからこそ、なんの変哲もないものがラジオになってしまうことがあるのです。蛇口やガードレール、木の葉。銀歯が受信機になり、骨伝導で頭の中で声が聞こえたなんて事例もあります」

「げえっ」

ほとんど幻聴だ。こういう現象を知らなかったら、間違いなく自分が変になったと思うだろう。

おれが身震いすると、亘理さんはハンカチで指先を拭きながらいった。

「現在の日本で歯がラジオになることはまずないでしょう。しかし条件さえ揃えばラジオになるものはあります」

「それがうちの物置、ですか」

小峰さんの言葉に紳士はうなずいた。

「鉄骨とトタン——物置自体が電波を拾うアンテナになったと思われます。トタンは鉄に亜鉛メッキをして塗装した金属ですから、風雨で塗装が剥がれて錆びた箇所があれば、ゲルマニウム・ダイオードと似た働きをしたでしょう。とはいえ、これだけではオバケは現れません。ある重要なものがなければ」

「なんです、重要なものって？」

おれが尋ねると、亘理さんは指先を空に向けた。

「電波です」

「でんぱ？」

「目には見えませんが、この瞬間も様々な周波数の電波が飛び交っています。そして電波には強さがある。放送を遠くへ届けるためには強い電波が必要なように、無電源のものが反応するには強力な電波がなければいけません。それを可能にするのが小峰くんのお住まいです」

紳士は小峰さんに視線を向けた。

「江別駅南東側の郊外とおっしゃいましたが、より正確にいえば、道央道のお近くですね？」

尋ねながら、その口調は確信に満ちていた。

小峰さんのメガネの奥の目がまん丸に見開かれた。

「ど、どうして知ってるんです？　住所はいってないですよね」

「私が知っていたのは小峰くんの住所ではなく、鉄塔です。ご近所に紅白に塗られた大きなポールのようなものがありますね」

「それなら川向こうに……」

亘理さんは黒板を足元に下ろした。

「それはラジオの電波送信所です。無電源のラジオは本来、イヤホンを使って聞きます。音がとても小さいからです。しかしハルトくんはイヤホンなしで声が聞こえた。このことから、ご自宅周辺に強い電波を発するものがあると推察できました。このあたりで大きな鉄塔といえば手稲山《ていねやま》か江別でしょう」

だから三つ目の質問で住所を訊いたのか。

答えを聞いて妙に嬉しそうだったのは、鉄塔の場所を知っていたからだ。亘理さんにとっては質問じゃなくて答え合わせだったのだ。

「日常にあるものがラジオになりえるというのは有名な話ですが、実際に話を聞くのは初めてです。電子工学の観点から見ても非常に興味深いですね。どのような原理でどんな作用が起きているのか再現してみたいものです」

おれはすっかり感心していた。

「ハルトの話だけで、よくそこまでわかりましたね。オバケじゃないとは思いましたけど、誰かのいたずらとか勘違いかと思ってました」

げです」

「声が聞こえるのはホントだろ」

むっとした顔でハルトに抗議された。

「この仮説を立てられたのも、ハルトくんに工事現場のオバケについて伺ったおかげです」

「クレーンから火花が出たって話ですか？　オバケ関係ないですよね」

思わず亘理さんに聞き返すと、ハルトに脛をけっとばされた。

「ホントだってば！」

「いてっ、わかってるよ、ハルトを疑ってるわけじゃないって」

小峰さんが「すみませんっ」と慌てて間に入り、ハルトを注意した。驚いただけで痛くないとフォローを入れたけど、小峰さんは恐縮しきりだ。

おれは亘理さんに視線を戻した。

「それで、工事現場の事故の話が物置のオバケとどう繋がるんです？」

「クレーン車はその構造から電波の影響を受けやすいのです。長く伸びたワイヤーやムーブが強い電波を受け、クレーン車自体が大きな受信アンテナになってしまうことがあります。このため車体に異常電圧が発生し、制御盤が狂う、フックから火花が出る、ワイヤーに触れると電撃を受けるなど、様々な事故が報告されています」

「そんなことあるんですか」

「対策マニュアルがあるくらいなので、工事現場では知られた現象だと思います。件の事故現場は対策が行き届いていなかったのかもしれませんね」

「工事用の車両にはそういう危険もあるんですね」

仕事柄、おれもいろんな事件現場に向かう。こういう話を知っていると、役に立つ場面がありそうだな。

心に留めていると、亘理さんがいった。

「じつはこれにはよい面もあります。中越地震や東日本大震災のとき、クレーン車は臨時のラジオ電波発射装置として活用されたんです。クレーン車がラジオ局になったわけです」

「えっ、そうなんですか?」

「ええ。被災地にラジオ局を建てようとすると何ヶ月もの期間と大勢の人が必要ですが、クレーン車が一台あれば数名の技術者で数時間あれば開局できます。災害情報をいち早く届けることが可能なのです」

目からウロコが落ちるみたいだった。

おれには工事用車両にしか見えなくても、仕組みを知っている人には別の使い道や緊急時の役立て方を考えられるんだな。工学って……すごいな。

もしかして亘理さんの独特な視点は工学に触れているからかもしれない。

おれが感心する間も亘理さんは話を続けていた。

「クレーン車の事故とひと気のない物置小屋から響く声。二つでは不可解な現象も、二つの事例があれば共通点が浮かび上がります。事故があった時刻にオバケが大騒ぎしていたというお話からも強い電波が関係しているとあたりをつけられました」

小峰さんが首をひねった。

「でも、ぼくが物置小屋を調べたときは、なにも聞こえませんでした」

「電波は常に一定で届くわけではありません。雨などの天候に左右されますし、草木や建物に遮られたり、音が日中の生活音でかき消されたりすることもあります。そこにあるのに、ないかのような存在。まさにオバケのようではないですか」

亘理さんは小峰さんに預けたトレイを引き取り、自作のあんパンを眺めた。

「子どもは空想するといいますが、大人こそ空想するものです。あのとき余計なことをいったのではないか。嫌われている気がする。あの人の機嫌が悪いのは家で嫌なことがあったに違いない。寂しいから気を引きたくて嘘をつくのだ——本人に確認したわけでもないのに、勝手に想像して勝手に答えを出してしまう」

おれはぎくりとした。ハルトに向けていた考えそのものだったからだ。

亘理さんは艶やかに焼けたあんパンを手におれと小峰さんを見た。

「これがもう一つのオバケ、私たち大人が見ていた幻です。頭の中のオバケを信じて目の前の人をおろそかにしてしまう。本当のことは本人に尋ねてみなければ、なにもわからないのに」

耳が痛かった。

母親に会えなくて寂しいに違いない。構ってほしくて嘘をついているのだ。そんな頭の中のイメージをハルトに押しつけて、理解した気になっていた。ハルトの言葉を受け止めているようで、実際はオバケばかり見ていたんだ。

小峰さんも思い当たることがあったんだろう。苦い表情を浮かべて、棒立ちになっている。しばらくしてハルトに向き直り、深く頭を下げた。

「ごめん。ハルトがいっていること、ちゃんとわかってなかった」

ハルトがむうっと頬をふくらませた。

だからいっただろ。苛立った声で怒るかに見えたとき、不意にハルトがおれを振り返った。視線が重なって、数秒。

ハルトは小峰さんをまっすぐに見上げた。

「オレも『行ってきます』っていわなかった。勝手にうちからいなくなって、心配させて、ごめんなさい」

小峰さんは面食らい、ずれたメガネを整えて、まじまじとハルトを見た。

ハルトはといえば、ちらりとおれを見やって、どうだ、とばかりに白い歯をこぼした。

やんちゃな顔におれは小さく吹き出した。

ああ、お前はすごいやつだ。たったの数時間で、あっという間に成長している。

親子が仲直りするのを見届けて亘理さんが口を開いた。

「ハルトくんが見たオバケですが、将来的に日本から消えてしまうかもしれません」

「きえるの？　やった！」

ハルトは喜んだけど、おれは引っかかりを覚えた。

「日本から消えるんですか。ハルトの家だけじゃなくて？」

「電波の話は複雑なので割愛しますが、なんの変哲もないものがラジオになる現象はＡＭ放送でしか起こらないのです。ＡＭ放送は遠くまで届くのが特徴で、全国に基地局や中継局があります。しかしラジオを聴く人が減ってしまったので、莫大な維持費を捻出するのが難しくなりました。このことから、二〇二八年をめどにＡＭ

放送は終了します」

えーっ、と小峰さんがショックを受けた様子で声を上げた。

「なくなっちゃうんですか、ＡＭ放送。受験のときラジオ講座にお世話になりましたよ。ラジオ体操だって。夏休みは毎朝ラジオの前に集まってやりましたよね」

「番組がなくなるわけではありませんよ。ＡＭ放送からＦＭ放送への切り替えが進められていますし、北海道と秋田県は今のところこの計画に含まれていません。しかし遠くない未来、多くの地域でオバケは現れなくなるでしょう」

亘理さんは少し寂しそうに目を伏せた。それからおれに「持っていてください」とトレイを預け、懐から手帳と万年筆を出してさらさらと書きつけた。

「ラジオを作るのは手間ですが、ゲルマニウム・ダイオードとクリスタルイヤホンを繋げば、オバケキャッチャーの完成です。部品はインターネットや専門店で手に入りますが、ゲルマニウム・ダイオードが入手しづらくなっているので代用できるものを記しておきましょう。この装置は町中では反応しません。強い電波のある鉄塔付近や小峰くんのお住まい周辺でのみ作動します」

亘理さんは手帳から紙を破いて、小峰さんに差し出した。

「たまにはオバケ探しなどいかがですか？」

「え……」

「このオバケキャッチャーをご近所の金属に繋げるだけでラジオが聞こえます。オバケはいろんなところに隠れていますよ。マンホールや鉄棒、ベンチの金属部分。ハルトくんと探してみてください」

小峰さんがはっとした顔になった。

相手の気持ちを想像して勝手に埋めるのではなく、一緒の時間を過ごして気持ちを知っていく。

語り合う時間があれば、頭の中のオバケなんかやっつけられるのだ。

小峰さんは粋なプレゼントを胸におしいだくようにして受け取った。

「嗚呼、まさにあんパンのようではありませんか」

英国紳士風の店主は吐息をもらし、おれの手からあんパンののったトレイをかっさらった。

「噂を聞き、姿を探し、想像する。そうして生みだされるのは、時に何世代にも愛される月寒あんぱんであり、時に思い込みが結晶化したオバケである。自分の想像に負けて手を止めてしまっては、甘くておいしい報酬には決してたどりつけないのです」

満を持してパンにたとえて話を締めなければ、本当にいい話だったのになあ。

まあ、ちょっと残念なところが亘理さんのいいところかもしれないな、とおれは目を細めた。

5

「これ、やる」

小峰さんと帰ろうとしていたハルトがおれのところに戻ってきて、なにか差し出した。バックパックにつけていた缶バッジだ。

シークレットで、くじで当てたんだ、と嬉しそうに話していたのを思い出す。

「大事なものだろ。受け取れないよ」

「だから、あさひにあげる。オレ、つぎは『行ってきます』して、ここにくる。それがオトナだろ?　だからさ……その」

ありがとう。

呟く声は聞こえるか聞こえないかの小さなものだった。

小さな手にのった缶バッジがきらきらと輝いて見えた。胸がつまるような感覚がして、鼻の奥がじんとする。

おれは笑顔で応えた。

「ありがたくもらうよ。友情の証だな」

友情、という言葉にハルトの顔がほころんだ。「じゃあ、またな！」と元気よくいって小峰さんのもとに駆けていった。

去っていく親子に手を振りながら、おれは並んで立つ紳士に話しかけた。

「ハルト、亘理さんの子じゃないですよね」

「ええ」

おれは、キッ、と隣を睨んだ。

「だったら、ふつうに説明してくださいよ。なんですか『矛盾しない』って。変に勘ぐっちゃったじゃないですか」

失礼しました、と紳士は上品に笑った。

まったく、この人は。

「で、結局どういう関係なんです？　小峰さんと知り合いみたいでしたけど」

「いとこの息子と、その子どもです」

「……秘密にするほどの関係でもないですね」

「福丸さんにはハルトくんが家出人であることは伝えましたよ」

「そんな話しましたっけ?」

「小説と映画をいくつか紹介したでしょう。私が挙げたのはどれも『家出』が出てくる作品です」

あのお見合いみたいな会話か。

そんな意図があるなんて考えもしなかった。他に伝えようがありそうなものを、亘理さんにかかると小洒落たクイズみたいになる。

おれは深いため息をついた。

「もっとわかりやすくお願いします、なぞなぞじゃないんですから」

「すみません。話したいのは山々でしたが、福丸さんに会う直前にハルトくんとおとこの約束をしてしまったもので」

〈エウレカ〉の開店準備をしていたところにハルトが通りかかったらしい。一人でいるのを不審に感じて呼び止めたが、ハルトは沈黙を貫いたという。

「他言しないこと、ハルトくんのお手伝いをすることを約束して、ようやく事情を話してもらえたのです」

「ああ、母親に会うために札幌にきたって話」

「福丸さんには無条件で話したんですね」

おれは肩をすくめた。

あれはただのなりゆきだ。たまたま一緒にいただけで、ハルトになにかしてやれたわけじゃない。その点、この英国紳士風の教授はすごい。

「オバケの正体がラジオになった物置小屋だなんて、想像もつきませんでした。思い込みでハルトのことを見てたことも……いわれるまで意識していなかった。亘理さんは本当にすごいですね。親子の仲まで元通りにできるなんて」

掛け値なしにそう思った。

遠くに視線を投げれば、大通公園の緑の中を弾むように歩くハルトとあたたかい目を向ける小峰さんがいる。

二人が明るい気持ちで家路につけるのは、間違いなく亘理さんのおかげだ。

「福丸さんのおかげですよ」

だからそういわれたとき、聞き間違いかと思った。

おれは目を白黒させた。

「おれ、ですか？」

「はい。私が行動できたのは福丸さんのおかげです。福丸さんがハルトくんを肩車して走る姿を見て、決断できました」

ハルトの母親を捜したときのことだろうか。

亘理さんは遠ざかる親子を眺めた。

「私はハルトくんの望みは『母親に会うこと』だと考えました。彼自身、そのために札幌へ出てきたと話しましたから。しかし福丸さんが全力でハルトくんの母親を捜す姿を見て、気がついたのです。ハルトくんが真に求めているのは、母親に会うことではなく、自分を信じてくれる誰かなのではないか、と」

「え？」

「あれはだめ、これはだめ。お留守番ばかりで、オバケの話も信じてもらえず、子ども扱いです。まだ低学年ですから当然です。しかしその『当然』は大人の目線での話。小学生になったハルトくんは、自分で考えて行動できることを示そうとしたのではないでしょうか」

――オレは、もっとできるから。

頑なな声がおれの耳に蘇った。あのとき、ハルトは怒っているように見えた。なにに腹を立てているのか、わからなかったけど、あれはもどかしさの表れだったのだろうか。

「母親に会いたい気持ちは本物だと思います。ただし寂しさからではなく、大人の仲間入りができることを証明するためだったのではないでしょうか。いえ、きっとそうなのでしょう。だからこそ同じ目線で語り、行動した福丸さんには、交換条件を出さずに本心を語ったのだと思います」

亘理さんがおれを見た。その目尻に優しい笑い皺ができる。

「私は福丸さんの行動を見て、ハルトくんを母親のもとへ連れて行くのではなく、小峰くんと話をさせる道を選べました。福丸さんだけが初めからハルトくんによりそっていましたね。今日、福丸さんに逢えてよかった」

急に褒められて、実感が追いつかない。

そうなのか。おれはできたのかな。

そうならいいな、と少しだけ自分が誇らしくなった。

亘理さんはどこか晴れ晴れとした様子で顔を上げた。

「理学を用いて新たな技術やツールを創造するのが工学であるなら、上辺だけではない〈WANT〉を読み解くこともまた、工学の命題といえるでしょう。今日の工学では福丸さんに一歩及びませんでしたが、遠くない未来、新たな技術がハルトくんのような子どもたちを手助けする日が来ます。できないことなどありません。なんといっても、パンと工学はよく似ていますからね」

自信に満ちた一言におれは首をひねった。

「前から聞きたかったんですけど、工学とパンが似てるってどういう意味ですか」

「これまで様々な出来事を一緒に見てきて、気づきませんでしたか」

工学とパンの共通点なんて考えたことがない。

仕組みや構造を理解していると物事の違う面が見えるとかかな。複雑な手順も性質がわかっていれば、おいしいパンになる、とか?

「ではお教えしましょう」

亘理さんは工学部の教授と呼ぶにふさわしい理知的な眼差しで語った。

「パンと工学は、人を笑顔にできるのです」

「ええっ?」

思わず変な声が出た。

「どうかしましたか」

「いや……そんなロマンチックな答えが返ってくると思わなくて」

「工学にもパンにも浪漫しかありませんが」

紳士は片方の眉をつりあげた。

この顔、かなり本気だな。

「働くことは生きること、同時に糧を得ることだけが人生ではない。以前、福丸さんにそう伝えましたね。私は、糧が幸福なものであってほしいと思うのです」

「糧？」

「人生の糧は食べ物だけではありません。日々の暮らし、身近にあるものやサービスもまた欠かすことのできない糧なのです。それはまさしく工学です」

「そう、なんですか？」

「蛇口をひねれば水が出ます。真夏でも真冬でも室内は快適な温度で、買い物にいけば必要なものを買いそろえられる。おいしいパンで笑顔になるように、こうした暮らしも人々を笑顔にするでしょう？　この世界に生きる人が心地よく暮らし、自己実現の手助けができたなら、これほど素晴らしいことはありません」

束の間、おれは言葉を失った。

「……そうですよね。今あるものって、当たり前じゃない」

大通公園を風が渡り、手入れされた花壇や木々を優しく揺らした。

この公園も、町並みも、道路や車、事故が起こらないように整えられた交通ルールさえも、誰かが考えて形にしたものだ。それ以前は存在しなかった。

どうして気づかなかったんだろう。便利な世の中になれきって、その便利さがどこからきたのか、考えもしなかった。

今になって初めて、工学のことが少しわかった気がする。

〈WANT〉。誰かが切実に願い、形にしてきたもの。長い時間をかけてリレーのように繋いできた技術や研究が、おれたちの暮らしを支えている。

過去の研究者たちだけじゃない。おれが眠っている間も誰かが働いている。水道やガス、電気。暮らしに絶対必要な設備を点検して守る人がいる。病気の人を助けようと薬や病を研究する人がいる。今この瞬間も新しい技術が生まれて、未来の誰かを助けようとしている。

名前も知らないたくさんの人が、おれたちの暮らしを支えているんだ。

じゃあ、おれにはなにができる？

自分の中に答えを探したけど、なにも摑めなかった。無力さに似た虚しさを覚えたとき、手の中に生暖かくなった缶バッジを感じた。

拳を解くと、バッジはきらきらと輝いていた。

ハルトに託されたものを見て、すとん、と腑に落ちた。

「亘理さん。おれ、警察官でいたいです」

想いは自然と声になっていた。

「おれには誰かの糧になるようなことはできないけど、必要な仕事だから。おれがやりたい仕事です」

みんなに好かれ、応援される正義の味方。いつも正しくて決して迷わないヒーロー。そういう人になりたかった。

でも、おれにはできない。

悩むし、間違えるし、落ち込む。未熟で欠点だらけだ。それでも……いや、だからきっと、泣いている子どもや困っている人に手を差し伸べられる。痛みや迷いがわかるから、一緒に歩いていける。おれは、そんな警察官でありたい。

「いい笑顔ですね」

亘理さんの言葉で自分が笑顔になっていることを知った。

自信にはほど遠い。だけど揺るぎないものが自分の中にあるのを感じる。

「これからも迷うことはあると思うけど、もう大丈夫です」

おれの答えに、亘理さんはどこか嬉しそうにうなずいた。

「アドバイザーとして共に〈エウレカ〉を切り盛りしていただけないのは残念ですが、将来の楽しみに取っておきましょう」

「引き受けるなんていってませんよ」

「ではこれまでどおり、パンのことを教えてください。代わりに福丸さんがお困りの際は、私が解を探すお手伝いをしましょう。いかがです？」

すっ、とあんパンをのせたトレイがおれの鼻先に差し出された。

このタイミングでパン！　まったくブレないな、この人。

「騙されませんよ。これ、ワイロ的なアレですよね」

「いえ、お近づきの印です」

「一緒じゃないですか」

ぶはっ、と笑い声が大通公園に弾けた。

おれは肩で笑いながら右手を差し出した。

「じゃあ、ギブアンドテイクってことで」

一瞬、亘理さんの目が大きく見開かれた。

友だちというには謎めいていて、仲間というには距離がある。名前のないこの関係が少し面白くなってきた。

三つ揃いのスーツをまとった英国紳士風の教授はトレイを左手に持ち替えると、右手の手袋を外した。

亘理さんがおれの手をとった。

「ぜひ」

がっちりと力強い握手だった。

本書は書き下ろしです。

本書はフィクションであり、実在の人物および団体とは関係がありません。

教授のパン屋さん

ベーカリーエウレカの謎解きレシピ

近江泉美

2025年5月 5 日　第1刷発行
2025年6月30日　第4刷

発行者　加藤裕樹
発行所　株式会社ポプラ社
〒141-8210　東京都品川区西五反田3-5-8
JR目黒MARCビル12階
ホームページ　www.poplar.co.jp
フォーマットデザイン　bookwall
組版・校正　株式会社鷗来堂
印刷・製本　中央精版印刷株式会社

N.D.C.913/252p/15cm　ISBN978-4-591-18606-0

落丁・乱丁本はお取り替えいたします。
ホームページ(www.poplar.co.jp)のお問い合わせ一覧よりご連絡ください。

P8101516

ポプラ文庫好評既刊

本のない、絵本屋クッタラ

おいしいスープ、置いてます。

標野凪

札幌にある『本のない、絵本屋クッタラ』は店主・広田奏と共同経営の八木が切り盛りする本屋兼カフェ。メニューは季節のスープセットとコーヒーのみだが、育児に悩んだり、自分の今の立ち位置に迷った客が今日もやってくる。名の通り店に本はないが、奏は客の話に耳を傾けると、後日悩みに寄り添う絵本をそっと差し出す。それは時に温かく、時に一読しただけではわからない秘密をもっていて……。